KB013317

박사다요시의 귀향

기억의 강 ②
어머니 정숙과 딸 옥주

박사다요시의 귀향

2020년 4월 10일 초판 인쇄
2020년 4월 18일 초판 발행

지은이 | 김옥주
펴낸이 | 이찬규
펴낸곳 | 북코리아
등록번호 | 제03-01240호
주소 | 13209 경기도 성남시 중원구 사기막골로 45번길 14
　　　 우림2차 A동 1007호
전화 | 02-704-7840
팩스 | 02-704-7848
이메일 | sunhaksa@korea.com
홈페이지 | www.북코리아.kr
ISBN | 978-89-6324-696-3 (03810)

값 14,000원

기억의 강 ❷
어머니 정숙과 딸 옥주

박사다요시의 귀향
정숙

김옥주 지음

북코리아

이승의 어머니와 저승의 아버지를
함께 여기 모십니다.

차례

센
닌
바
리

모처럼 간밤에는 공습이 덜했다. 지진? 자주 일어나던 지진 또한 자다가 일어날 만큼 흔들리지도 않았다. 그래선지 사다요시는 종일 즐거웠다. 타마테쵸玉出町(옥출정)의 좁은 골목길을 지나 센본도리 고초메千本通 5丁目(천본통 5정목) 넓은 길에 다다르자 사람들이 모여 웅성거리고 있었다. 가슴이 철렁했지만 궁금증이 더 컸다. 가까이 다가갔다.

"한 땀만 꿰매주세요."

한 젊은 아주머니가 간절한 목소리로 애원했다. 아주머니 손에는 사다요시의 양팔을 벌린 정도 길이의 흰 천이 들려 있었다. 막 바느질을 끝낸 듯한 사람이 바늘을 아주머니에게 건넨 뒤 그 자리를 떠났다. 좀 더 가까이 가 보았다. 흰 천에는 붉은 점들이 가득했다.

센닌바리

'저게 도대체 뭐지?'

웅성거리는 사람들 목소리에서 '센닌바리'라는 말이 들려왔다.

'센닌바리千人針(천인침)?'

센닌바리가 무엇이기에 이렇게 많은 사람들이 모여서 웅성거리는 걸까. 고개를 돌리다가 마음씨가 좋아 보이는 아주머니와 눈이 마주쳤다. 사다요시는 자신도 모르게 센닌바리를 가리켰다.

"애야, 너네 집엔 전쟁하러 간 사람이 아무도 없니? 한 사람이 한 땀씩 꿰매 천 땀을 만드는 거야. 일가친척은 절대 안 되고 모르는 사람만이 꿰맬 수가 있지."

"천 사람이요? 왜요?"

"너 혹시 호랑이띠니?"

아주머니는 느닷없이 사다요시의 나이를 물었다. 사다요시 체격이 어린 아이치고 좀 큰 편이긴 하지만 그렇다고 그 정도 나이로 보인다는 사람은 없었다.

"……돼지띠입……."

"에구구, 어린 것을 붙들고 내가 무슨 말을 하고 있나. 돼지띠면 겨우 열 살인데. 호랑이는 천 리를 가도 다시 천 리 길을 되돌아온다고 해서 호랑이띠의 여자는 예외로 그 나이만큼 바느질 땀을 센닌바리에 할 수 있거든."

"전쟁에 나갈 때면 왜 센닌바리를 하는 거죠?"

'武運長久무운장구'라고 붓으로 씌어있는 천을 보니 붉은 실로 바느질

한 흔적이 여러 점선들로 이어져 있다.

"전쟁에서 살아남는 운수가 오래 가기를 바라는 거예요?"

"아이고, 기특하기도 하지. 어려운 글자도 잘 아네. 너처럼 영특한 아이들을 위해서라도 하루빨리 전쟁이 끝나야 될 텐데. 그래야 마음 놓고 공부하지."

"저는 타마테에서 태어났지만, 어머니와 아버지는 조선 사람입니다."

사다요시가 조선 사람이라고 하자 갑자기 아주머니의 표정이 바뀌며 어서 가라고 했다. 사다요시가 발걸음을 떼자 혼잣말처럼 아주머니가 말했다.

"조선 사람으로 태어나서 아깝기는 하네. 조금만 더 자라면 데이신타이挺身隊(정신대)로 끌려갈 것 같아."

갑자기 바뀐 아주머니의 표정과 함께 '센닌바리'니 '데이신타이'니 하는 말이 가슴에 새겨졌다.

집으로 돌아가서 어머니를 보고도 사다요시는 아무 것도 묻지 못했다. 조선어를 들을 수는 있지만 간단한 생활용어 외에는 조선어가 능숙하지 못했기 때문이다. 아버지에게 물어보는 것도 내키지 않았다. 바느질 얘기였던 것이다. 학교에 가서 물어보기로 했다.

"센세이, 센닌바리를 왜 만듭니까?"

이케카와 센세이가 사다요시를 뚫어지게 바라보았다. 센세이가 이내 대답을 않자 사다요시는 묻지 말아야 할 것을 물었나 싶어 걱정이 되었다. 그냥 자리로 돌아갈까 하고 생각하고 있을 때 센세이가 입을 열었다.

"사다요시짱. 소원을 빌 때 종이학 천 마리를 접는 센바츠루千羽鶴(천우학)를 알고 있죠! 센닌바리는 천 사람에게 부탁하는 건데 한 사람이 한 땀씩 천 번의 바느질이 필요해. 천 땀을 바느질한 천을 전쟁에 가져가는 군인은 무사히 돌아올 수 있다는 기원을 담은 거야. 하루빨리 전쟁이 끝나기를 바라는 의미도 들어 있어."

사다요시가 고개를 끄덕였다.

"그런데, 제가 더 자라면 데이신타이挺身隊로 끌려가게 된다는 건 무슨 뜻입니까?"

이케카와 센세이의 표정이 바뀌었다. 이런 표정은 센닌바리 얘기를 나누던 아주머니에게서도 보았다. 그 아주머니는 사다요시가 빨리 집에 가라고 했는데 센세이는 사다요시의 손을 꼭 잡았다.

"우리 학교 이름 센본고쿠민각코의 센본千本(천본)은 마을 언덕에 소나무가 많아 센본마츠千本松에서 센본이 되었어요. 사다요시 규초級長(급장), 센본각코의 규초답게 겨울 소나무처럼 강건해야 해. 데이신타이는 군대 위안부라는 뜻으로 생각하면 되지만 사다요시는 아직 알려고 하지 말아요."

사다요시는 이케카와 센세이가 왜 그토록 단호하게 데이신타이의 의미를 몰라도 된다고 했는지 의문스러웠지만, 강건한 마음이 필요한 말이라는 생각을 했다.

태평양전쟁 관련 다큐멘터리를 보던 중이었다. 맏언니와 대화를 나누며 어머니가 들려주었던 센닌바리를 떠올렸다.

"애들아, 밥 먹을 생각은 않고, 계속 텔레비전만 볼 거냐?"

"아니에요, 엄마. 밥 먹으러 나갑시다."

"맏언니, 황태국 먹으러 가는 거지?"

"엄마가 즐기시는 건데 다른 말 필요 있겠어."

어머니가 좋아하는 황태국을 잘하는 식당으로 나갈 참이었는데 70년 전 태평양 전쟁 관련 다큐멘터리를 방영하니 어머니가 어린 시절에 겪었던 센닌바리 때문에 텔레비전 앞을 못 떠나고 있었다. 아무리 다큐멘터리라도 태평양전쟁이니 임진왜란이니 하는 국가의 역사를 다루면 개인의 삶은 묻혀 버리기 쉽다. 아무리 정확한 통계라도 개개인의 삶을 일일이 반영하기는 어렵듯.

"애들아, 나는 신경 쓰지 마라. 내 입에 맞추지 말고 너희들 좋은 걸로 하라니까. 너희들이 자꾸 내 입에 맞추면 나는 같이 안 나갈란다."

어머니 입에 맞는 음식을 확인하고 있다가 일제히 입을 닫고 서로를 바라보았다. 소리가 너무 컸나. 어떤 내용은 보통 크기의 말도 어머니가 아주 잘 알아들었다. 어머니가 스스로 동행하지 않겠다는 말을 하도록 표시 나게 메뉴를 정하고 있었단 말인가. 가족이 모여서 밥을 먹을 때마다 일어나는 일이긴 했다. 어머니가 어머니 입을 강조하는 걸 보고 어머니가 '지금, 여기'를 떠나는 건 아닌가 위태로

위졌다. 어머니가 그 다음 수순을 밟기 전에 황태국이든 다른 것이든 메뉴에 매달릴 게 아니라 얼른 어머니를 '지금, 여기'서 이탈하지 않도록 막아야 한다.

"영감님이 계시면 그 입에 맞추면 쉬울 것을."

늦었다. 어머니 말에서 영감님이 등장한 걸 보니 이미 '지금, 여기'를 떠났음은 분명한데, 그래서 어머니가 선택한 '어머니의 지금'이 어디냐가 문제다.

"생각하면 참 죄송하기 짝이 없어. 이케가와 센세이선생先生 이름을 모르다니."

어머니가 선택한 어머니의 지금은 70년 전이었다. 어머니가 소학교 3학년생이었을 때다. 정확하게는 소학교 1학년 2학기부터 3학년 1학기 때까지가 되겠지만.

"아이, 엄마는. 70년 전 선생님의 성을 알고 있다는 게 얼마나 대단한 일인데. 난 우리나라 사람인데도 고등학교 때 우리 선생님 이름도 때맞춰 생각이 안 나거든요."

얼른 맞장구를 쳤다. 선일이가 한숨을 내쉬었다. 어머니가 이케가와 센세이라는 말을 하도 자주 해서 성이 이케가와고 이름이 센세이 같다. 학교에서 일본어를 배우는 조카가 '센세-'라고 하니 요새는 그렇게 하는구나 하면서도 여전히 고유명사처럼 불변의 '센세이'다.

"그때 이케가와 센세이가 나를 얼마나 귀여워했는지."

'조센노 히토니 우마레테 혼또니 못타이나이데스ちょうせんの人に生

まれて本当にもったいないです가 나오겠구나.'

"내가 얼마나 자주 들었는지 몰라. 우리 아버지도 약주만 자시면
그 말씀을 되풀이하셨지. 조센노……."

'조센노'라는 말이 시작되자 자리에서 벌떡 일어나는 선일이를 급
히 주저앉혔다. '조선 사람으로 태어난 것이 정말로 아깝습니다'라
는 말은 일본어를 못하는 자식들조차 외우다시피 하고 있었다. '우
마레타노가' 부분을 어머니가 분명하게 하지 않아 자식들은 그 부
분을 생략하고 '조센노 히토가 혼또니 못타이나이데스'로 서로 통
한다.

"외할아버지가 엄마를 자랑스러워하셨겠네."

마치 처음 듣는 것처럼 또 맞장구를 치며, 선일이에게 재빠르게 고
개를 저어 보였다. 보일 듯 말 듯 살짝 저었음에도 선일이가 표정으
로 대답한다. 염려 마시오로 풀이해 본다. 마치 어제 일처럼 엄마의
70년 전 얘기가 시작되고 있었다.

다행히 70년 전이었다. 이즈음은 돌아가려면 차라리 70년 전
인 것이 훨씬 나았다. 70년 전에는 아버지를 만나지도 않았고, 자식
들은 물론 아무도 태어나지 않았을 때니까. 아무튼 그 때 어느 시점
으로 돌아가는 것이 아니고 가끔 현재로 돌아온다고 하는 게 더 맞
는 말인 것 같기는 하다.

"넌 태어나지도 않았을 때잖아."

굳이 목소리를 낮출 필요를 느끼지 않으면서 맏언니도 선일이에게

센닌바리

과민할 필요가 없다고 말하고 있다. 맏언니는 맏이여서 애칭처럼 동생들에게 불리는 호칭이다. 선일이의 얼굴이 좀은 편안해져 있었다. 선일이가 소리를 내어 웃기까지 했다.

"내가 얘기했었지?"

선일이와 눈이 마주쳤다. 어머니가 자식들에게 무슨 얘기를 들려주었는지 기억한다고? 어머니가 70년 전 얘기를 더 이상 계속하지 않을 거라 기대해도 되는 것일지도.

"그럼요, 엄마. 우리가 그 얘길 자주 들었지요."

선일이가 소파에 등을 기댔다.

"그럴 거다만, ……."

"엄마, 어제 고모 만났수?"

어머니가 우거지를 손질하고 있었다는 생각이 들어서 고모를 떠올렸다. 어머니가 시장에서 우거지를 샀을 리는 없고, 어머니가 우거지를 좋아하는 줄 아니까 고모 얘기를 끄집어냈다. 보다 더 확실하게 어머니를 현재 시점에 붙잡아두려는 시도다.

"어제는 장날도 아닌데, 고모가 나왔더라. 같이 장보러 다녔어."

"엄마, 올해도 고모는 감 깎는다고 바쁘셨겠네."

"아이고, 고모도 이제 늙어서 감 깎으러 다니기 힘들어. 평창 아들네 집에 가 있기 싫다고 자꾸만 내려오네. 너 고모도 참."

"혼자 계시면 불편하고 쓸쓸하실 텐데."

"아이구, 얘야, 그런 소리 마라. 운신할 수 있으면 혼자 사는 게 백번 낫지. 마음이 편하잖아."

"평창이 고향에서 너무 멀다고 가기 싫으신 건 아닌가. 사촌들이
고모한테 그럴 수 없이 잘하잖아요."

평창에 가면 밥 먹고 누워 자는 일 외에는 할 게 없어 지루하다고 하
던 고모다. 감을 깎을 일은 없어도 고향집을 지키고 있으면 군불이
라도 땔 수 있지 않은가. 군불을 때려고 나무도 손보고, 방도 닦고,
밥도 끓여 먹고…… 몸을 움직일 일이 좀 많은가. 고모네 구들이 두
꺼워서 하루에 한 번만 군불을 때도 난방 걱정이 없다. 고모는 구들
방에서 청국장을 띄워 어머니에게 가지고 오곤 한다. 물론 어머니
에게 온 청국장은 한 번 끓여먹기 좋을 정도의 크기로 만들어져 자
식들에게로 나누어지지만.

"아무리 잘해 줘도 불편해. 어른들하고 살면 젊은이들도 당연히
불편할 거고. 서로 불편한 일을 뭐하려고 하냐. 사람들이 다 그
래. 따로 살다가 가끔 만나야 반가운 거라고."

어머니 말을 들으며 어른들이 되뇌곤 한다는 유행어가 생각났다.

'손주가 오면 반갑지. 손주가 가면 더 반가워.'

어린 손주가 혼을 빼놓고야 제 집으로들 돌아가겠지. 확실하게 어
머니의 지금을 현재로 돌려놓았다고 안심할 때였다.

"그때 오사카센본고쿠민각코(오사카천본국민학교)에는 조선 사람은
우리밖에 없었어. 아버지가 큰 회사 간부고 일본어를 아주 잘하
셨기 때문에 우리가 그 학교에 다닐 수 있었거든."

센닌바리

'있었거든'이 가끔 '있었을 거야'로 바뀌기도 했다. 소파에 느긋하게 등을 기대고 있던 선일이가 소파에서 등을 뗐다. 어머니는 꼭 고쿠민각코라고 했다. 어머니에겐 소학교이건 국민학교이건 초등학교이건 그런 것은 중요하지 않았다. 국민학교가 언제부터 초등학교로 바뀌었는지도 중요한 일이 아니었다. 그 시절의 어머니에게 '우리'는 외할아버지를 중심으로 이모와 외숙 들이었다. 어머니의 '우리'와 자식들의 '우리'는 다른 우주에 속했다. 그렇게 시작한 어머니의 70년 전 지금은 소학교 1학년 2학기 시작할 때 나가사키에서 전학 오던 때부터 태평양 전쟁 막바지에 조선으로 귀국하던 때를 지나, 광복을 맞이한 뒤, 한국 전쟁 얘기로 끝이 났다. 정해진 수순이었다. 굳이 70년 전인 것은 어머니의 그 시절 중에서 자식들에게는 고쿠민각코 3학년 때의 얘기가 가장 강렬하게 느껴지기 때문이다. 어머니의 지금이 조금 달라지긴 했다. 어머니의 얘기는 황태국을 먹으러 식당에 갔을 때나 돌아와서나 장소가 바뀌는 것과는 아무 상관없이 계속되었다. 그 어떤 얘기도 '어머니의 지금'이 시작되면 멈추게 할 수 없다는 것을 확실하게 깨닫게 해 주었다.

"엄마, 우리 오사카 갑시다."

선일이가 돌연 어머니에게 제안했다. 어머니가 놀라는 바람에 덩달아 딸들이 놀랐지만 불가능한 일은 아니었다. 젊은 시절의 어머니는 매우 심하게 차멀미를 했다. 지금은 웬만한 사람이면 멀미를 하지 않을 수 없을 정도로 도로가 험할 때만 멀미를 해서 멀미가 어머니의 여행을 막지는 못한다. 어머니가 음식을 가려서 메뉴를 정할 때 고려할 사항이 많기는 해도 자식들이 나이가 들면서는 어머니 입에 맞추는 게 흔히 말하는 웰빙식이어서 여행 중에도 식당에서 밥을 먹는 것이 어렵지 않았다.

한때 밥맛이 좋은 찰진 쌀의 대명사였던 아키바레는 일본에서 수입한 품종이다. 일본에서는 윤기가 자르르 흐르는 일본 쌀밥이 기다리고 있을 것이다. 일본 밥이 맛없을 경우라도 어머니가 좋아하는 구운 김만 가지고 가면 어려운 일이 없다고 하자 어머니의 표정이 눈에 띄게 밝아졌다. 태어난 곳임에도 70년이나 가보지 못했으니.

"젊은 사람들이나 가는 데지. 이 나이에 해외여행은 무슨……."
어머니가 가지 않겠다는 말을 하지 않자 마치 미리 말을 맞추었던 것처럼 모두가 어머니를 설득하려고 애썼다. 오사카에 다녀오면 최소한 어머니가 70년 전으로 돌아가는 일을 그만하지 않을까 하는 생각도 했다. 물론 이웃집 가듯 쉬운 일은 아니지만, 그래도 일본 여행은 시도해 볼 수 있는 일이니까. 아무리 애가 타도 어찌 해 볼 수 없는 일이 너무 많으니까.

그런 게 아니다.

어머니가 어머니의 잘났던 지난 시절을 돌이킬 때마다 스멀거리며 피어오르는 죄책감이 어찌 선일이뿐이었으랴. 태평양전쟁이며 6.25전쟁을 겪지 않았더라면 어머니는 '우리의 어머니'가 아니었을지도 모른다. 자식들이 어머니의 날개를 꺾은 것은 아니었을지라도 '어머니의 지금'에 어른이 된 자식들이 어머니의 의식에 제대로 등장하지 못하는 것은 분명 자식들 탓이라는 생각이 든다. 70년이나 지나서야 비로소 어머니가 그렇게도 그리워하는, 화려했던 어머니의 유년 시절의 흔적을 더듬어볼 수 있게 하다니. 자식들이라는 게. 그 '비로소' 때문에 자식들의 못난 삶이 더 두드러지는 것 같았다. 어머니 앞에서는 못난 자식이라는 말은 금기어다.

"엄마, 엄마는 건강하셔서 해외여행 쉬워요. 우리랑 같이 갑시다."

"그래요, 엄마. 엄마 아들 선일이가 일본어 되잖아. 엄마 태어난 곳부터 시작해서 렌터카 타고 일본을 한 바퀴 휙 돌고 옵시다."

어머니가 이른바 패키지여행을 다니는 건 어렵다. 다른 사람들과 제일 맞추기 어려운 것이 음식이다. 어머니 때문에 다른 사람들이 신경을 써야 하는 상황이 벌어지는 건 어머니가 싫다. 여행은 아버지와, 가족들과, 몇몇 친척들과만 다녔다. 아버지가 향이 강한 채소를 좋아하지 않아 어머니가 그런 채소를 전혀 밥상에 올리지 않아서 자식들은 모두 미나리나 쑥갓 들을 먹지 않고 자랐다. 돼지고기를 밥상에서 거의 안 보고 자란 자식들이 직장생활을 하게 되면서 삼겹살, 소금구이, 두루치기, 눌린 고기 등등 온갖 종류의 돼지고기를 맛보게 되었다고 입을 모았다. 어머니는 식초나 후추 같은 종류도 사용하지 않았다. 여기에다 어머니는 명태 외에는 육류고 어류고 일체 입에 대지 않는다. 생태, 동태, 황태, 북어, 코다리, 노가리할 것 없이 명태 종류는 모두 어머니가 즐기는 음식이다. 즐기기는 커녕 입에 대지도 않는 쇠고깃국 끓이는 솜씨는 일품이다. 쇠고깃 국을 먹으러 선일이 회사의 사장이 일부러 방문하기도 할 만큼.

휴대폰 진동 소리에 내려다보니 선일이가 남매단톡방에 일본 여행 간다는 문자를 올렸다. 단톡방의 선일이로 표시된 문자 앞의 숫자가 5에서 3으로 바뀌었을 때 선진이가 전화를 했다. 육남매 중 가장 추진력이 센 넷째 딸 선진이가 나섰으니 일본여행은 무조건 떠나게 될 것이다. 통화를 하면서 날짜가 잡히고, 선일이가 어머니를 모시고 가는 건 너무나 당연한데 딸이 동행해야 한다는 말이 나왔을 때 맏언니가 말했다.

"선미야, 네가 가야 엄마가 편하실 거야. 둘째인 네가 맏이 노릇 좀 하렴."

"그래, 선미야. 이왕이면 작가 딸과 같이 가면 좋지."

어머니가 맏언니 말에 맞장구를 쳤다. 다른 딸보다 해외여행이 잦은, 독신이어서 자유로워 보이는 딸이 시간을 내기가 쉽겠지. 맏언니는 괜스레 자식들을 줄 세우고 있다. 마치 어느 뮤지컬 영화에서 태어난 순서로 아빠의 연인에게 인사하는 것처럼.

출발 날짜를 멀찌감치 잡은 것도 맏언니의 생각이었다. 자식들과 일본 여행을 할 생각에 어머니가 당신 건강에 좀 더 신경을 쓰게 되리라는 것이다. 새해가 시작될 즈음이 시간을 내기가 더 쉽다며 주말 끼워 열흘 정도 말미를 얻어 보겠다고 한 선일이 의견이 보

센닌바리

태졌고.

"선일아, 네가 자세한 일정 잡아 봐라. 선미 너도 일정에 관심 가
져 주고."

맏언니가 자식들의 분분한 의견을 모아 마무리를 지었다. 일본통은
선일이라 어머니와 함께 할 여행지를 찾아보는 건 당연히 선일이
몫이었다. 후쿠시마 원전 사고를 들먹이지 않더라도 위도로 보아
부산보다 아래쪽으로 여행해야 할 터라서 큐슈 지역이 적절할 것이
다. 한국의 겨울을 벗어나 따뜻한 남쪽 나라로.

"선일아, 네 이부자리 봐 놨다."

자식들이 느닷없이 일본 여행을 추진하는 동안 어머니가 선일이 잠
자리를 준비했다. 선일이는 고스란히 아버지 자리를 차지하고 있었
다. 아버지가 입던 옷이나 신발을 처분하지 못하는 어머니 마음을
헤아려 선일이는 걱정하지 말라며 냉큼 받아 입고서 자기 옷인 양
했고, 아버지 신발이 참 편하다고 다리를 툭툭 쳐 보이기도 했다. 어
렸을 땐 야윈 편이던 선일이가 중년이 되면서 살이 좀 올랐다. 그렇
게 되니 체격이 비슷해져서 아버지 옷이 잘 어울렸다.

선일이가 그렇게도 싫어하던 집안의 기둥 자리에 우뚝 서서
어머니를 보살필 수밖에 없었다. 언젠가는 그런 날이 올지도 몰랐
지만 절대로 그런 역할을 하고 싶지 않았던 선일이다. 다섯째로 태
어난 선일이는 가끔 선진이 누나가 남자로 태어났다면 제 인생이
달라졌을 거라며 푸념 섞인 말을 늘어놓곤 했다. 다섯째라도 아들

로서는 첫째이고 외아들이니 맏언니처럼 맏이 노릇까지 해야 했다. 선일이가 원하든 그렇지 않든 세월은 상상하는 것조차 겁이 났던 집안의 기둥이라는 무게를 선일이에게 척 안겼다. 선일이는 하품을 하면서 방으로 들어갔다. 걸을 때마다 엉덩잇살이 출렁거렸다. 어머니는 살이 빠지고 있는데 자식들이 하나같이 살이 오르는 것도 민망한 노릇이다. 선일이가 방으로 들어가고도 거실의 세 모녀는 한참이나 잠을 이루지 못했다.

어머니는 거실에서 잠을 자는 것이 습관이 되어 있다. 안방에서 침대생활을 하는 아버지가 불편할까 싶어 어머니는 항상 거실 소파에서 잠을 청했다. 어렸을 때 본 어머니 잠자리는 독특했다. 특히 겨울이 그랬다. 어머니는 아버지와 같이 사용하는 이불을 대각선 방향으로 몸을 넣어 덮었다. 추위를 타는 아버지가 다른 사람과 이불을 같이 사용하면 이불이 들려 어깨 쪽으로 찬바람이 들어갈 거라는 이유에서다. 그 다른 사람이 아버지의 아내, 어머니임에도 예외를 두지 않았다.

옛적의 집은 이불이 들리는 것까지 걱정할 정도로 외풍이 셌다. 윗목에 눈이 쌓여 있더라는 어느 자취생 얘기는 지금도 믿기가 어렵다. 어머니는 방안에 둔 걸레도 꽁꽁 언다면서 그런 얘기를 예사롭게 받아들였다.

몸집이 크지 않긴 해도 소파가 불편할 텐데 어머니는 한사코 소파를 고집했다. 안방 방문은 빼꼼 열어둔 채였다. 아버지 목소리를 빨리 알아들으려고 그리 해 두었다. 아버지가 잠꼬대를 해도 어머니는 아버지에게 달려갔다. 아버지는 텔레비전을 시청하다가 어머니를 불러 물이 먹고 싶다고 했다. 아버지는 그런 일로도 어머니를 불렀고, 어머니는 그런 일이 되풀이되어도 짜증을 내는 법이 없었다. 다치는 바람에 앉거나 일어설 때 거동이 조금 불편한 아버지를 위해 기꺼이 아버지의 손발이 되었다.

선일이가 방으로 들어가자 어머니는 여름에도 침대만 고집하던 아버지 얘기를 한다. 거의 장식용인 에어컨도 거실이 아니라 침대가 있는 안방에 달려 있다. 소파 앞 거실 바닥에서 잠을 청하던 맏언니와 둘이 번갈아서 어머니 얘기를 듣고 있다는 반응을 했다. 어머니가 잠시 말을 멈출 때 맏언니에게 물었다.

"형부 혼자 주무시게 하고, 맏언니가 자꾸 여기서 자고 가도 되는 거야?"

맏언니와 함께 기꺼이 맏아들 노릇을 해온 형부다. 들은 대로 맏이는 하늘이 내리는 모양이었다.

"형부한테 미안하긴 해. 형부가 오면 엄마도 사위가 어렵고 형부도 집만큼 편하지는 않을 거 아냐."

"맏언니, 엄마 보러 오는 횟수를 좀 줄이는 건 어때?"

"앞으로는 당일치기로 다녀갈까 봐."

밤이 깊어서야 잠이 들었던 것 같다. 어머니의 지금이 좀처럼 현재로 돌아오지 않기 때문이다. 얇은 거실 커튼으로 아침 햇빛이 들어왔다. 어머니의 숨죽인 발걸음을 진작부터 들었지만 눈을 떼지 못하고 뒤척이고 있었다. 아침밥을 준비하는 어머니를 돕는다는 생각은 애초에 하지 않았다. 어머니의 살림에 손을 대는 건 돕는 게 아니라 일거리를 만드는 것이었다. 어머니에게 일거리를 만들어주는 게 어머니를 현재의 삶에 붙들어놓는 것이라고 자식들끼리 입을 모은 터이지만, 어머니가 자식들이 저지른 일들을 뒤치다꺼리하기보다는 어머니가 스스로 살림을 하는 게 한결 보기가 나았다. 그런 때의 어머니는 소녀였고, 에너지가 넘쳤다.

이런저런 생각으로 잠자리에서 뒤척이고 있는 자신을 합리화하면서 어머니의 움직임을 마음 편하게 헤아렸다. 어머니의 발자국 소리가 자꾸만 약해지는 것도 모른 척 할 터였다. 맏언니도 깨어있는 것 같았지만 말없이 그냥 잠자리를 지키고 있다. 어릴 때는 맏언니와 이불 속에서도 할 얘기가 산더미 같았다. 맏언니는 주로 들어주는 역할을 맡았다. 할 수 없이 자리를 털고 일어난 것은 선진이가 들이닥쳤기 때문이다.

"엄마, 밥 먹으러 왔수."

"대구에서 상주까지? 밥 먹으러 멀리서도 왔다. 새벽이라 길은 안 막혔겠다만, 또 과속했지."

"과속은 무슨. 선진이가 찬찬히 운전을 얼마나 잘한다고."

맏언니의 잔소리에 어머니가 선진이 편을 들었다.

"선진이 너, 여기까지 얼마나 걸린 거야?"

센닌바리

“또 잔소리야. 걸릴 만큼 걸렸어.”

“내 생각엔 다른 사람보다 30분은 빨랐을 거다.”

맏언니가 셈을 하며 선진이를 다그쳤다. 목소리를 조금 낮춘 것은 어머니를 의식해서이다. 선진이가 찬찬히 운전한 것으로 여기도록 어머니의 생각을 방해하고 싶지 않다.

옛적 맏언니가 대학을 다닐 무렵, 어머니가 집안일로 부득이하게 집을 비울 때 사람 수를 헤아려 밥을 짓는다는 얘기로 어머니에게 야단을 맞곤 했다. 찬밥을 만들지 않으려는 맏언니의 노력을 어머니는 야박한 마음이라고 몰아붙였다. 국수를 준비하던 장사치가 뒤늦게 사람이 더 많다는 것을 알고 물을 부어 한 그릇을 더 만들더라며 혀를 차던 어머니였다. 밥 때에 선진이가 갑자기 들이닥쳐도 어머니가 당황할 일은 없었다.

“시끌벅적한 걸 보니, 누나 왔구나. 잘 와.”

선일이가 방에서 나왔다.

“엄마, 언니들. 밥 먹읍시다.”

“야, 이놈아. 넌 나이가 50줄인데도 아직 언니냐. 언제 고칠 거야, 정말.”

“선진이 너도 그렇다. 손주라도 볼, 나이가 50줄인 동생한테 아직도 이놈 저놈이냐, 넌.”

“엄마, 우리가 아무리 나이가 들어도 엄마 눈에는 애로 보이잖우. 선일이도 내 눈엔 일본 만화에 미쳐 있는 철딱서니 없는 애로 보인다구요.”

“그 덕에 선일이가 일본말 잘 하는 건 어쩌고.”

“누가 아니래요. 그러니 선일이가 엄마 일본 여행 앞장서야지, 뭐. 엄마 좋겠수. 아들 덕에 패키지니 뭐니 해서 떼거리로 몰려 다니지 않고 일본여행 하게 생겼잖우.”

맏언니는 말없이 미소만 짓고 있었다. 제대를 하고서도 일본만화에 빠져 있던 선일이는 만화산업이니 애니메이션이니 산업디자인이니 하는 것과 전혀 관계없는 물건을 만드는 중소기업 회사원이다. 관계가 있긴 하다. 옛적 만화영화를 함께 보러 다닌 죽마고우가 사장이라서 조기 퇴직 걱정 없이 회사를 다니고 있으니. 만화영화를 보러 친구와 극장에 갔는데 모두가 어린애들뿐이더라며 빡빡머리를 긁적이던 선일이 모습이 눈에 선하다. 선일이는 그때 꼭 제 머리를 빡빡머리라고 말했다. 그건 아무리 고매한 스님이 세상을 평화롭게 만든다고 해도 지독스럽게 불교를 싫어하게 만든 원인이 되었다. 어머니가 사찰을 찾고 불상에 기원을 할 때 드러내놓고 말리지는 않지만 그건 어머니이기 때문에 그냥 바라보고만 있는 셈이다. 하긴 일본 만화 애독 동지가 사장인 덕에 일본 출장도 잦고, 일본 출장 중에도 예부터 보았던 일본 만화가 톡톡히 제몫을 해서 수출 재미도 쏠쏠하단다. 그 수출 현황이 지방 신문 1단짜리 기사로도 실린 적이 없지만 사장도 선일이도 불만은 없어 보였다. 선일이가 일본 출장을 갈 때 가장 중요하게 챙기는 것은 김이었다. 생김이든 조미김이든 다양한 단위로 준비했다. 선일이는 어머니와 일본 여행을 할 때도 선물용 김을 꼭 챙겨 가자고 의견을 냈다.

남에게 아쉬운 소리 않고 사니 얼마나 다행이냐는 말이 선일이 말을 할 때마다 어머니의 위안이 되었다. 이리 될 줄도 모르고 만화에 빠져 있다고 선일이는 오랜 세월 집안에서 구박덩어리였다. 집안의 구박덩어리는 지나치다. 예나 이제나 선일이는 어머니의 멋진 아들인데. 딸네들은 가끔 우스개를 했다. '이 세상에 하나 밖에 없는, 울 엄마 아들 선일이'라고.

"걷고 또 걸어야 일본에 도착하겠지?"

어머니가 밥을 먹다가 말고 선일이에게 물었다. 순간 자식들 모두가 숟가락질을 멈추었다.

"엄마, 걸어가면 언제 도착하려구요. 비행기 타고 가야 해요."

맏언니가 침착하게 대꾸했다.

"엄마, 맏언니 말이 맞아요. 배를 타도 되지만 시간이 많이 걸리거든. 오사카야 비행기 타면 1시간 조금 더 가면 되는 걸요."

긴장을 감추고 선일이와 함께 정성껏 대답했다. 미소까지 머금은 채. 선진이는 입에 숟가락을 물고 말을 잃은 채 어머니와 언니들과 선일이를 번갈아 보았다.

"그렇구나. 그러면 비행기를 타고 가면 되겠네. 열 살 때는 배타고 조선으로 왔는데."

"엄마 걱정 마슈. 작가 언니와 이놈 선일이가 같이 가잖우. 비행기를 타든 걸어서 가든 여행은 재미있을 거유. 배로 온 곳을 비행기로 가다니, 완전 타임머신이네."

"타임머신?"

"세월을 거슬러 70년 전으로 쓔웅 간다는 뜻이우, 엄마."

선진이가 너스레를 떨었다. 톡톡 튀는 소리를 할 때는 선진이가 더 작가 같다. 타임머신을 타고 실제로 70년을 거슬러 가는 여행이 다가오고 있었다. 선진이 말에 고개를 끄덕이며 서로 눈이 마주쳤다. 어머니 모르는 안도의 숨들을 쉰다고 조심스러웠다.

어머니도 활짝 웃었다.

선진이는 어머니의 일본 여행 경비는 당연히 자식들이 공동 부담하는 것이라며 못을 박고 집으로 돌아가면서 슬쩍 말을 흘렸다. 굳이 일본이어야 했느냐고. 선진이가 돌아간 후 조금 있다가 선일이도 짐을 쌌다.

"엄마, 일본사람들 만나면 줄 선물용 김은 마트에서 사야 해요. 엄마가 드실 김만 수제 김으로 준비하세요."

선일이가 어머니에게 당부했다. 선물용 김세트가 필요하다고 할 때 어머니가 단골 김집을 들먹였기에 혹시 산더미같이 준비할까 걱정이었다. 어머니의 확답을 들은 후에야 선일이가 길을 나섰다.

어머니와 함께 있다가 자식들이 한꺼번에 제 집으로 돌아가지 않는 것도 고민 끝에 내린 결정이다. 북적이다가 일시에 고요한 집에 혼자 남게 될 어머니를 걱정해서다. 맏언니는 제일 나중에 출발하겠다고 동생들을 먼저 각자 집으로 보냈다. 맏언니는 어머니와 같이 한 끼를 더 먹고 출발할 것이다.

남매단톡방에 귀가했다고 문자를 올렸다. 카톡하기 전에 잘 도착했노라 어머니와 먼저 통화를 했고. 이럴 때 어머니는 꼭 즐겁게 살라는 덕담으로 통화를 끝낸다.

선진이가 전화를 했다. 격렬했다. 낮에 슬쩍 흘린 말은 가볍지 않았다. 작정했던 말이었다. 선진이가 하필 일본이냐고 따지고 들었다. 그 나라가 어떤 나라냐고. 엄밀하게 말하면 어머니는 일제강점기의 피해자였다고. 어머니의 화려한 시절? 웃기지 말라고. 조센노 히토가 혼또니 못타이나이데스. 그게 칭찬이냐, 우리 민족을 철저히 무시한 발언이 아니냐고. 일제강점기를 겪지 못한 세대들조차 일본과 스포츠 경기를 할 때는 견원지간처럼 온 국민이 꼭 이겨야 한다고 미치도록 응원한다. 어디 응원뿐인가. 선수들 각오 또한 다른 나라와 경기할 때와는 사뭇 다르게 출사표를 던진다던가. 이기지 못하면 죽음이라는 각오로 경기에 임한다니까. 우호적인 일본인이야 당연히 있겠지. 그렇다고 일본 정부가 저지른 만행을 용서할 수는 없다. 일본을 무시하는 나라는 지구상에서 한국밖에 없다고들 한다. 일본으로부터 가장 큰 고통을 당했고, 현재도 일본은 그 잘못을 인정하지 않고 있으니까 그런 한국인의 생각 또한 당연한 것이다.

선진이의 흥분은 시간을 넘기고 있었지만 그만 하라고 말릴 수가 없었다. 그래서 선진이는 일본 여행에 동행을 할 생각이 없었을 거다.

"선진아, 민족 감정이겠니. 태어난 곳에 대한 엄마의 그리움일 뿐이야. 고향은 나라를 초월하는 개념이야. 엄마는 우리의 고향이고, 우리는 엄마의 고향이기도 할 거고."

선진이가 제풀에 흥분이 좀 잦아들었을 때 이렇게 말할 수 있었다. 고향이라는 말을 하는데 괜스레 목이 메었다. 선진이가 '고향'이라고 따라하더니 덩달아 목소리가 잦아들었다. 선진이가 작가 언니에게 두 손 들었다며 전화를 끊었다. 하긴 선진이가 길길이 뛰어도 어머니에게 일본여행을 가자고 해 버렸으니까 이젠 되돌릴 수가 없다. 자식들이 수백 번은 들었음직한 센본고쿠민각코에 다녔던, 어린 시절 어머니의 일본 이름 마쓰이 사다요시의 흔적을 더듬으러 오사카로 간다.

어머니는 곧잘 '왜놈들은'을 시작으로 일본 사람 얘기를 끄집어냈다. '그것들은 참 친절해. 왜놈들은 물건도 엄청 꼼꼼하게 만들지, 왜.' 이런 따위의 말을 들을 때 어머니의 의도가 짐작이 잘 되지 않는다. 호의적, 아니면 적대감인가. '그것들은 조선 사람보다 못생겼어.'라는 말은 확실하게 한국인으로서의 자부심을 가지고 있을 때 하는 말이다. '왜 자꾸 독도를 자기네 땅이라고 한다니?'라는 말을 할 때도 마찬가지로 확실한 한국인이다. '일본 총리의 야스쿠니 신사 참배' 뉴스는 어머니가 두 주먹을 불끈 쥐게 만들었다.

어머니에게 집에 무사히 도착했노라고 전화를 했을 때 어머니

센닌바리

가 잘 도착해서 다행이라고 하는 말끝에 오사카의 센본고쿠민각코 애기를 또 끄집어냈었다. 선진이와 통화하기 전에 어머니로부터 익히 들어왔던 오사카 애기를 녹음 파일을 재생하듯 들었던 터다.

어머니는 전화기 너머에서 지금, 여기가 아니고 70년 전의 일본의 사다요시로 돌아가 있었다.

……난 내 이름이 그렇게 싫었다. 그때 일본 아이들의 이름은 하나코はなこ, 花子니 미치코みちこ, 美智子니 그런 식이었는데, 나만 데이슈쿠정숙, 貞淑ていしゅく라는 이상한 발음을 하는 이름이었다. 내가 워낙 싫어하니까 아버지가 이름을 바꿔 주었다, 사다요시さだよし로. 그것도 이상했지만 그래도 데이슈쿠보다는 나았다. 이케카와 센세이는 내가 마음에 들었던 것 같다. 나가사키에서 전학 왔던 1학년 2학기 때부터 3학년 1학기까지 나의 담임 선생님은 줄곧 이케카와 센세이였어. 학급의 아이들은 바뀌어도 담임 선생님은 변하지 않았지. 1학년 3학기부터 조선으로 나올 때까지 나는 계속 규초(급장)였어. 조선 사람이 일본인들만 다니는 학교에서 급장을 했다는 것은 그만큼 내가 공부를 잘했기 때문이 아니겠니. 이케카와 센세이는 종종 나에게 '조센노 히토니 우마레테 혼또니 못타이나이데스'라고 했어. 급장은 사쿠라 두 송이를 수놓아 가슴에 달고 다녔는데 그걸 내 손으로 만들었지. 엄마는 그런 걸 본 적도 없었고 만들 줄도 몰랐거든. 내가 다닌 센본고쿠민각코는 교문에 들어서면 수영장이 보였어. 재

봉실에는 40대의 재봉틀이 있어서 고학년들은 쉽게 재봉을 배울 수 있었지. 내가 그림을 참 잘 그렸거든. 내 그림은 언제나 선발이 되어서 교실 뒤쪽에 붙어 있었지. 그런데 어느 날 선생님 집에 갔는데, 이케카와 센세이가 벽에다 내 그림을 걸어 놓은 거야…….

어머니는 70년 전 그 시절에서 좀처럼 현재로 돌아오지 않았다. 여섯 자식들과 자식들에게서 태어난 많은 손주를 둔 팔순을 넘긴 할머니임에도 열 살 때의 어린 시절은 이미 흘러가 버린 그리운 시절이 아니고 어머니의 지금이었다. 어머니의 지금, 여기가 현재로 돌아오는 수가 있을 때는 커피믹스 덕분일 때가 있다.

"폭격이 심해져서 공습을 피해 조선으로 왔지. ……우리 작가 딸이 좋아하는 커피믹스라고 내가 잘 놔두었다. 보자, 니 시 로쿠 하치 도(둘 넷 여섯 여덟 열), 열 개나 된다, 선미야."

그리움 닿는 거기

어머니를 보고 싶었다. 어릴 때부터 지녔던 어머니바라기 기질은 환갑을 눈앞에 두고서도 좀처럼 사라지지 않는다. 혼자만 그런 줄 알았다. 어머니는 자식들의 고향이라고 했을 때 그렇게도 씩씩하던 선진이조차 감정이 흔들렸다. 어머니에게 가니 어머니보다 네 살이 적은 이모와 외출 준비를 하고 있었다. 어머니가 고향을 지키고 있으니 외지에 사는 이모가 가끔 고향도 찾을 겸 어머니를 보러 왔다. 자동차가 있어서 좋다고 두 노인이 무척 반겼다.

　"빨간 색 차 참 예쁘네. 선미야, 네 차 타고 다니니 편하다, 얘."
이모가 마침 부르는 듯이 와 주었다는 얘기를 되풀이한다.

　"넌 왜 했던 소리를 자꾸자꾸 하고 그러냐."
어머니가 이모에게 퉁을 주었다. 기분이 좋아서라고 이모가 대답했다.

"했던 얘기 또 하고 또 하는 사람은 난 딱 질색이야. 그런 사람은 모두 머리가 둔해서 그래. 공부 못하는 사람이 꼭 그러더라고. 아주 밉상이라니까."

어머니가 과하다. 룸미러로 이모 표정을 보니 별로 개의치 않는다.

"엄마, 이모, 가까운 경천대에 다녀오면 점심시간에 딱 맞춰지겠는데요."

얼른 화제를 바꾸었다. 그러면서 이모와 눈이 마주쳤다. 무슨 의미인지 이모가 눈을 찡긋한다. 낙동강 700리 중에서 가장 아름답다는 경천대로 차를 몰고 가서 주변을 가볍게 산책했다. 경천대는 임진왜란 때의 용장 정기룡 장군이 말을 훈련시켰다는 임진왜란 유적지이기도 했다. 바다에서는 이순신이요, 육지에서는 정기룡이라 했다는 얘기는 다만 지방자치제의 산물일까. 역사적으로 일본은 선사시대부터 15세기까지는 정치고 경제고 문화고 군사력이고 한반도와 비교할 수 없을 정도로 낙후되었다고 했다. 왜구로만 여겼던 일본이 한반도를 쑥대밭으로 만든 전쟁을 일으켰다. 전쟁이 나자 조선의 임금은 헐레벌떡 국경까지 도망치기에 바빴고, 수많은 조선인들이 왜병에 의해 도륙 당했다. 임진왜란 후에 인구가 6분의 1로 줄었다는 통계다. 하긴 세종 시대에도 백성들은 살기가 힘들었다니 보통 사람들이 삶을 영위하는 건 예나 이제나 쉽지 않은 일이리라. 임진왜란 때부터 힘을 자랑하며 조선과 힘을 겨루던 일본은 근대 이

후에는 완전히 한국을 압도했다. 유럽 중심의 학자들은 아시아와 아프리카로 동양을 묶어버리고, 그 동양에서 일본을 제외시켜서 서양으로 간주했다는 글을 읽은 적이 있다. 세종도 이순신도 정기룡도 떠난 오늘날. 정기룡 장군이 호국 정신으로 말을 훈련시키던 그 자리에 후손들은 유원지를 만들었다. 이렇게 한가하게 노닐 수 있는 건 조상들 덕분일까 지방자치제 덕분일까.

"선미야, 아직도 네 마음에 차는 사람이 없니?"

"이모, 무슨 말씀이에요. 이때까지 자유롭게 살다가 새삼스럽게 얽매이고 싶지 않아요."

"너야 하는 일이 있으니까. 엄마를 저렇게 혼자 계시게 해도 되나 걱정이 돼서 말이다."

의아한 표정으로 이모를 바라보았다. 무슨 선문답인지. 걱정의 대상이 누군지 모르겠다. 몸이 가벼운 어머니는 빠른 걸음으로 앞장서 걷고 있었다. 자식들과 나들이를 하면 어머니는 꼭 이렇게 앞장을 선다. 뒤처지면 자식들이 무시할까 걱정스러운 사람 같다. 아직도 늙지 않았다는 것을 과시하는 것도 같고. 입이 닳도록 나이보다 젊었다는 걸 강조하는 어머니다. 어머니보다 한참 적은 60대 후반의 노인이 어머니에게 '댁만큼 젊으면 나도 할 수 있다'고 말한 사람이 있었다는 어머니에게 맞장구를 치면서도, 예전 같지 않은 어머니의 모습에 눈이 아프다. 이모는 어머니가 늙어가는 게 누구 못지않게 안타까운 모양이다.

그리움 닿는 거기

"우리 언니가 얼마나 총명한 사람이냐. 그런데 우리 언니도 늙는 구나 싶다. 요즘은 자꾸 울적해져, 언니 생각하면."

가슴이 먹먹해진다. 어머니는 나이가 들지 않으려니 했다. 어머니가 늙다니, 있을 수 없는 일이다.

"언니가 자꾸 했던 말만 되풀이해. 머릿속에 기억하고 싶은 일만 남겨두나 봐."

"이모, 엄마가 명태를 좋아하잖아요. 엄마가 즐기는 황태국 식당에 여러 번 갔었거든요. '여기 처음 와 보는데 참 맛있다. 넌 이 식당을 어떻게 알았어? 우리, 다음에도 이 집에서 밥 먹자.' 그 식당에 갈 때마다 그러셔……."

말을 끝맺지 못했다. 이모가 손을 꼭 잡아 주었다. 이모 손이 어머니 손처럼 따뜻했다. 어머니 손처럼 건조하고 거칠기도 했다. 이모가 엄마 얘기를 하면서 한숨을 내쉬었다.

"얼마나 잘난 언닌데. 시대를 잘못 타고 나서 80평생 평범하게 살 수밖에 없었지. 우리 언니 재주, 진짜 아까워. 일본인들이 언니를 보고 조선 사람으로 태어난 게 아깝다고 했다는데, 우리나라가 일본보다 강하지 못했던 게 안타깝지."

어머니가 처했던 상황을 이모가 나라를 들먹이며 비교해서 놀라웠다. 외가 식구들은 자주 같은 말을 했다. 외할머니는 일본에 살 때 받은 어머니의 갖가지 상장을 보여주며 시대를 잘못 타고난 어머니가 가엾다고 했다. 일본에서 학교 다닐 때 급장이 되었는데, 급장이라고 뭔가를 달아야 하는 것을 어떻게 만들어야 할지 몰라 쩔쩔매고 있을 때 1학년짜리 어머니가 직접 만들어 가슴에 달더라는 얘기를 외할머니가 했다. 일본 사람들 속에서도 당당하게 학교에 다니는 어머니가 얼마나 기특하고 자랑스러웠는지. 외할머니가 어머니에게 해 줄 일은 외할머니가 바깥에 덜 다니는 것이었다고 했다. 가족들과 외출해야 될 일이 생겨도 저만치 뒤쳐져서 따라가곤 했다는 외할머니. 외할머니는 다른 사람들이 누구냐고 물을 일을 만들지 않는 것이 가장 중요한 일이었다고 했다.

"테레비에 나오는 그 누구보다 네 에미가 나을 건데. 너희들은 좋은 세상에 태어나서 대학 공부도 배웠잖냐."

외할머니가 그럴 때마다 자식들은 몹시 부끄러웠다. 중학교를 졸업하고, 아니 중학교 진학마저 포기하고 공장으로 가야 했던 수많은 딸들이 있던 시절에 딸 다섯까지 대학 공부를 하게 했던 어머니와 아버지. 자식들이 누리고 쌓아온 건 순전히 좋은 세상 덕분이었을까. 외할머니가 했던 말을 이제는 어머니가 한다. 세상이 좋아졌다며 비교하는 시대를 어머니에게 물어본 적은 없지만 아득히 오래전부터인 것 같다. 고무장갑을 보고 그랬고, 전기밥솥이나 냉장고, 세탁기를 보며 그랬고, 로봇청소기며 압력밥솥이며 휴대폰을 보면서 그랬다.

좋은 세상에서 온갖 것을 누리고 살면서도 어머니바라기는 여전한데. 혹여 어머니가 어찌 될까 두려운데. 어머니를 자식들의 고향이라며 우기는 것은 이기심일지도 모른다. 어느 여성 지도자가 강연에서 그랬다.

"엄마가 해 주시던 밥이 그리워요. 그 따위 말을 하며 제발 어머니들을 괴롭히지 마세요. 몇 십 년 어머니를 부려먹고도 모자라 나이가 들어서도 또 어머니에게 매달리려 하십니까."

고개가 끄덕여지면서도 어머니 품의 아늑함을 쉬 뿌리칠 수가 없다.

"몍골 애네 고모는 지금도 감 깎으러 다니고 그래, 언니?"

곶감 농사로 껍질 벗긴 감이 주렁주렁 매달려 있는 감타래가 장관이다. 그냥 보기엔 건물 무게를 기둥으로만 버티는 필로티 건물보다 더 약한 기둥에 지붕만 만들어 놓은 간이시설 같지만, 곶감을 만들 땐 습기가 차면 곰팡이가 피기 쉽고, 햇빛이 닿으면 감이 꺼멓게 되기 때문에 시설에 돈도 힘도 많이 든단다.

"감 깎으러는 무슨. 우리처럼 나이든 사람들 반기지도 않아. 요샌 저장고가 있어서 홍시 될까 봐 서둘러서 감을 깎지 않아도 되는데, 뭘. 세상 좋아졌지."

"감 잘 깎는다고 유세도 못 떨겠네. 감 깎으러 다닐 때마다 고모는 여기저기서 모셔 가는 분이셨지, 아마."

"말도 마라. 대규모로 하는 집에서는 시설이 좋아서 하늘 안 보고도 감을 말리는걸."

날이 너무 따뜻하다고, 너무 춥다고, 흐리다고, 건조하다고, 축축하다고 하늘을 원망할 일일랑은 없다는 거다. 하늘도 무심하다는 말조차 진작에 없어졌다.

"이렇게 좋아진 세상인데, 아휴…….."

조마조마하다. 어머니가 못 다한 말이 어떤 내용일지 짐작이 간다.

"언니, 예전에 그 시누이 때문에 언니가 많이 속상했잖아."

이모의 말을 듣고 너무 놀라서 빨간 신호등에 멈추지 않고 곧장 지나칠 뻔했다. 순간순간이 살얼음판인데, 룸미러에 비친 이모의 표정은 평온했다.

"식구 수대로 우리집에 와서 애를 먹였지."

이렇게 시작한 어머니는 점점 더 흥분을 하더니 고모에 대한 걷잡을 수 없는 원망이 쏟아져 나왔다. 평온했던 이모가 수습을 못해 쩔쩔매고 있었다. 이모는 어머니가 이 정도로 흥분할 줄은 몰랐을 거다. 어머니는 이모가 섭섭해 할 정도로 친자매보다 시누이올케 사이가 더 좋은 사람이다. 그럼에도 이렇게 고모와 얽힌 아득한 옛일을 말할 때는 원수도 그런 원수가 없다. 친자매나 친구보다 가깝게 지내는 것이 이해가 가지 않을 지경이다. 이모는 어머니에게 아버지 역할을 할 수 없었다. 아버지는 어머니의 흥분을 막지 않으면서도 어머니 감정을 잠재울 수 있는 마력을 지니고 있었다. 어머니는 아버지 같은 사람이 어디 있겠느냐며 아버지를 받들었고, 아버지는 어머니 덕분에 아버지다운 삶을 살 수 있었노라고 어머니를 추켜세웠다. 이모가 그런 아버지 대신이라니. 어림도 없다.

"선미야, 오늘 점심 메뉴는 뭐니?"

이모가 물었다.

"엄마."

"엄마."

"엄마."

엄마를 몇 번이나 불러서야 어머니가 쏟아내던 말을 멈추었다. 엄마라고 불러서 멈춘 게 아니고, 어머니가 기어코 하고야 마는 얘기가 끝났기 때문이다. 어머니가 즐기는 황태국 식당으로 갈 참이다.

"뭘 먹던지 너희들 좋은 대로 가자. 내가 뭐 많이 먹기나 하냐."

"이모, 황태국 잡숴도 되겠어요?"

"황태, 좋지. 웰빙 음식이라고 소문났잖냐. 그걸로 하자. 언니, 괜찮지?"

이모가 한 마을에서 같이 자랐던 사람들 얘기를 끄집어냈다. 누구네가 며느리를 보았다느니, 누구네 딸이 시어머니와 어찌어찌 지낸다느니, 이모네 손자 얘기, 어머니 손자 얘기. 이모와 어머니가 이런 얘기를 주고받을 때면 어머니가 흥분을 할 때라도 불안하지 않다. 그 흥분은 어머니가 곱씹는 대상이 아니라 다른 사람들을 향한 것이라서 저절로 가라앉기 때문이다. 홀로 흥분했다가 절로 가라앉을 때가 곱씹는 대상일 경우가 있긴 하다. 할머니 얘기만 나오면 어머니는 비난의 화살을 마구 쏘아댄다.

그렇게 농사를 많이 지으시면서도 어머님은 한 번도 흔쾌히 쌀 한 가마니를 안 주셨다.

우리집에 오시면 어머님이 얼마나 끙끙 앓으시는지 몸 둘 바를 모르게 하셨지. 그러다가 병원에 모시고 가면 멀쩡하신 거야.

선진이가 태어났을 때는 산후조리도 안 해 주셨다. '또 딸'이라며 와 보지도 않으셨다. 그때만 생각하면 어머님이 얼마나 원망스러운지.

어머님은 우리는 자식으로 여기지도 않으셨어. 우리집에 오셔서는 계속 다른 자식 걱정만 하시지. 우리가 다른 자식들을 도와주는 게 마땅하다 하시고.

할머니에 대한 어머니의 불만은 끝이 없었다. 그렇다고 고부간의 갈등이라 이름 붙일 것까지는 없다. 할머니가 일방적으로 얘기를 쏟아냈고, 어머니는 고분고분하게 할머니의 말을 듣고 있을 뿐이었으니까. 그러다가 할머니가 눈앞에 보이지 않으면 그때부터 어머니의 비난은 시작된다. 어머니가 할머니 얘기를 하면서 좋은 얘기를 하는 것을 들은 적이 없는 것 같다. 온통 불만투성이인데 어머니의 말투는 지극히 공손했다. 굳이 그러지 않아도 되는데 꼬박꼬박 높임말에, 어머님이었다. 선진이는 민 서방과 같이 살 때도 언제나 '시어머니'였다. 지극히 객관적인 지칭을 사용한 선진이는 시어머니에 대해서 불만을 말한 적도 없었다.

자식들은 어머니가 할머니에 대한 비난을 쏟아내도 전혀 심각하게 받아들이지 않았다. 그렇게 잘못하시면 안 되시지. 이런 식의 비난이 얼마나 효과적으로 전달될 수 있을까. 자식들 생각에 할

그리움 닿는 거기

머니에 관한 어머니의 불만은 하찮은 것이었고, 설령 깊은 불만족의 표현이었을지라도 어머니의 말투는 자식들이 그 성토의 현장에 동참해야 한다는 의무감이나 필연성을 느끼지 않게 만들었다. 어머니의 원망 속에서 할머니에 대한 그리움을 읽은 것은 나이가 들어서였다. 어머니 마음속에는 시어머니, 아버지의 어머니가 늘 함께 있었다.

딸들에게도 할머니는 아버지의 어머니라는 의미였지만, 어머니가 느끼는 아버지의 어머니와 달라도 너무 달랐다. 어머니에게 할머니는 '어머님'을 끊임없이 비난하면서 가슴에 끈끈하게 새기는 아버지의 어머니였지만, 딸들에게 할머니는 남아선호, 남존여비사상에 푹 젖어있는 전형적인 인물로서, 딸로 태어난 죗값을 치르는 것이 마땅하다는 생각을 끊임없이 하게 만드는 존재였다.

어머니와 고모는 할머니와 다른 또 묘한 관계였다. 할머니에게 온통 불만투성이였음에도 절대로 거역하지 않고 공손하기만 한 어머니였지만 할머니와 어머니 사이의 거리는 평생 좁혀지지 않았다. 고모를 향한 이런저런 불만이 줄을 이으면서도 어머니는 고모와 단짝이다. '시누이올케가 같이 다닌다고 이상하다네.' 하는 말은 고모와 유별난 친밀 관계를 과시하는 것처럼 여겨질 때가 많아 그게 더 이상했다. 장을 볼 때도 여행을 갈 때도 병원에 갈 때도 고모와 동행했다.

이모와는 한 번도 그런 모습을 보여주지 않은 어머니는 고모와는 싸움에 가까운 대화를 나누며 깔깔거린다. 젊은 날 고모는 어머니의 예쁜 치마를 가져갔고, 허락도 없이 어머니의 화장품을 사용했다. 혼인 후 친정 나들이 와서는 마실을 간다고 빽빽 우는 아기를 어머니에게 맡기는 고모이기도 했다. 어머니는 좋은 일이건 나쁜 일이건 이모보다 고모부터 찾는다. 고모와 대화를 할 때는 어머니가 비속어까지 사용한다. 어머니가 아버지에게 가장 심하게 퍼붓는 말은 혼잣말처럼 '미워라'이다. 어머니의 '미워라'를 막내사위는 어머니가 아버지에게 표현하는 최상의 '애교'라고 이름 붙였다. 어머니의 표정과 어투로 내린 막내사위의 결론은 '미워라'라는 말이 '밉다'는 뜻이 결코 아니라는 거다. 어머니는 자식들에게도 비속어를 쓰지 않는다. 아니 고모를 제외하고는 그 누구를 향해서도 비속어를 쓰지 않았다.

어머니와 고모를 보고 미운 정 고운 정이라는 말을 이해한 것도 나이가 들어서였다. 사람들 사이의 관계를 보면 농담이 어느 정도 통하는지가 친밀도의 측정 기준이 될 때가 있다. 그런 면에서 어머니와 고모는 둘도 없이 친한 사이임에 틀림없다. 어렸을 땐 당연히 이모와 어머니가 친밀하고 고모와 어머니는 같이 지내기 어려운 사이인 줄로만 알았는데.

"형님, 형님이 그렇게 별나빠져서 오빠가 얼마나 힘들겠어."
고모는 어머니에게 그런 말을 속사포로 퍼부었다. 그럴 때마다 어머니는 여유가 있었다.

"자네가 지금 시누이질 하는 거야? 사람들한테 물어봐. 다들 별
난 사람은 오빠라 할걸. 오빠를 본 여자들이 다 그래. 남편 시집
살이는 좀 하겠다고."

"별꼬라지 다 보네, 공연히 점잖게 잘 계시는 우리 오빠를 왜?

고모가 언성을 높인다.

"오빠 자존심이 좀 센가. 난 이때까지 오빠한테 말 한 번 놓은 적
이 없었어."

어머니도 지지 않고 목소리를 높였다.

"오빠가 형님한테 막말 한 적은 있고? 그런 양반이 어디 있다고.
법 없어도 살 사람이 우리 오빠라고."

"꼴값하네. 하는 짓마다 밉상인 줄이나 알고 있어, 자네는."

"뭔 지랄이래. 형님은 오빠 만나서 평생 호강하고 사는 줄이
나 아셔."

이쯤에서 어머니와 고모를 말려야 하나 하고 생각한 적은 없다. 어
릴 때는 어른들의 서슬 푸른 기세에 눌려 감히 말싸움 바다에 뛰어
들 수가 없었고, 나이가 들어서는 어머니와 고모가 서로에게 칼로
물을 벤다는 그런 싸움을 하고 있다는 걸 알았으니까 말릴 필요가
없었다. 다툼이 길어졌을 때 물을 베기 위해 칼을 든 사람은 언제나
고모의 '오빠', 아버지였다.

"두 사람 다 지나쳐, 아이들 듣고 있는데."

어머니는 계면쩍은 웃음을 지었고, 고모는 차분한 목소리로 "알았

어요, 오빠." 했다.

고모는 고모부와 부부싸움을 해도 아버지를 찾아왔다.

"자네, 여긴 뭐 하러 왔어?"

고모가 왔을 때 어머니의 환영사가 시비조일 때가 많았다.

"왜 오면 안 되는데, 형님. 딸이 친정에 오는 게 당연하지."

고모에게 아버지는 친정이고 고향이었다. 아버지는 고모에게도 아버지일 때가 많았다.

이모도 고모처럼 아버지를 어려워했지만 차원이 달랐다. 고모에게 아버지는 다정한 오빠이기도 했는데, 이모에게 아버지는 어려운 상전 같은 형부였다. 이모나 고모가 제집처럼 드나들 수 있었던 건 아버지 덕분이라고 입을 모았다. 그러나 지금은 그게 어머니 덕분이었음을 알고 있다. 모든 결정은 아버지가 내렸고, 어머니는 아버지에게서 통보만 받았을 뿐이다. 아버지는 어머니가 아버지 뜻에 동의하리라 싶어 어떤 결정이건 확신에 찼었다. 어머니 입장에서 아버지가 터무니없는 결정을 내려도 놀라거나 한두 마디 반대 의견을 표현할망정 그 이상 험악한 일은 절대로 일어나지 않았다. 아버지는 절대 군주였다.

그 절대 군주가 자식들에게는 자애롭기 그지없는 아버지였다. 남자만 사람으로 생각하는 할머니 앞에서도 아버지는 자식들에게 애정 표현을 자제하지 않았다. 자식들은 아버지 양쪽 무릎에, 아버지 등에, 그도 저도 차지하지 못하는 선진이는 아버지 손을 붙잡고 놀았다. 어느 집 아들은 아기를 안고 있다가 부친이 방으로 들어오자 황급하게 아기를 내려놓다가 거의 떨어뜨리다시피 하여 아기를 다치게 했다는 얘기가 심심찮게 들려오던 시절에 아버지는 할아버지 앞에서도 딸들을 밀어내지 않았다. 할머니는 쓸데없이 딸을 귀애한다고 못마땅해 했고, 그때까지 아들이 없는 할머니의 아들인 아버지를 더없이 딱하게 여겼다.

아들이 없는 아버지가 사회에서 사람대접을 못 받을까 할머니가 석성하던 것을 가장 잊지 못하는 사람은 맏언니였다. 맏언니는 할머니를 몹시 무서워했다. 외가에 가자고 하면 앞장서던 맏언니가 할아버지댁에 가야 할 때는 자꾸만 뒤로 쳐졌다. 할아버지댁에 가서 인사를 할 때는 뒷전에 앉아 겨우 숨만 쉬고 있다가 할아버지 방을 벗어날 때는 제일 먼저 뛰쳐나왔다. 맏언니는 돌아올 때까지 단 한 번도 할아버지, 할머니와 마주칠 일을 만들지 않았다. 맏언니에게 할머니와 할아버지는 무조건 피해야 할 염라대왕이었다. 선일이가 태어날 때까지 맏언니는 딸로 태어난 죗값을 톡톡히 치러야 했다. 맏언니는 어머니의 어린 시절, 사다요시가 동생들을 데리고 오사카에서 하마마쓰로 피난 갔던 나이가 되었을 때에야 비로소 할머니에게 딸이 아닌 사람대접을 받았다. 손자인 선일이가 태어난 기념으로 할머니가 딸로 태어난 맏언니의 죄를 용서해 주었다. 그때 네 살에 지나지 않았던 선진이가 자신을 보는 할머니가 달라졌다는 기억을 지닐 정도였다. 선진이가 태어났을 때는 네 번째 딸이라고 산후 조리도 해 주지 않았던 할머니였지 않은가. 맏언니는 외가에서 태어났으나 선진이가 태어났을 땐 외할머니조차 산후조리를 해 줄 형편이 아니었다. 할머니는 며느리와 같이 살아서 자유로웠고, 혼인하지 않은 자식들이 많았던 외할머니는 농사일도 거들어야 하고, 살림한다고도 바빴다. 그 살림이 마을의 일가붙이 숫자가 집성촌을 방불케 한 종가 살림이었으니.

줄줄이 딸을 넷이나 낳은 어머니는 할머니에게 죄인이었다. 할머니는 손녀들을 볼 때마다 저렇게 못나 빠져서 시집이나 갈까보냐고 혀를 찼다. 부잣집 마나님이었던 할머니였는데도 공장에나 보내서 돈을 벌게 할 것이지 쓸데없는 딸까지 교육시키느라 아버지 등골이 휜다고 어머니를 다잡았다. 맏언니부터 선진이까지 두 살 터울인데 선일이는 세 살 터울이다. 또 딸이면 어쩌지 하는 걱정이 어머니 건강을 해쳤는지 아기가 자연유산 되었는데 아들이었다. 어머니의 상심이 어땠을까. '선일이가 좀 더 일찍 태어나 주지' 하는 철부지 생각을 할 때도 있었다. 할머니 표정이 부드러워졌고, 선일이가 온 집안을 환하게 한다고 즐거워했다. 온 집안을 환하게 하는 선일이는 누구든 친남매인 줄 다 알아챌 정도로 누이들과 닮았음에도 할머니에게는 집안을 환하게 하는 선일이고 시집갈 걱정까지 해야 할 정도로 못난 손녀들이었다. 선일이가 자라자 할머니는 더 이상 손녀들에게 못났다는 구박은 하지 않았다.

선일이가 태어나던 날, 부리나케 달려온 할머니가 한 첫 마디

그리움 닿는 거기

는 '아이고, 드디어 우리 애비가 사람 노릇 하겠구나'였단다. 갓 태어난 선일이를 안고 있는 할머니를 보면서 어머니가 하염없이 눈물을 흘려 선일이 때문에 어머니가 슬퍼하는 줄 알고 한동안은 선일이를 미워했던 기억이 선명하다. 아들을 낳은 감격을 어머니가 눈물까지 흘리며 표현할 줄이야. 선일이와 가장 잘 놀아준 사람은 단연 선진이었다. 선일이와 잘 놀아주어야 한다고 할머니가 강권을 하지 않았더라도 줄줄이 언니들인데 남동생인 선일이가 선진이에게 얼마나 귀여운 동생이었을까.

아버지는 이모에게 어려운 상전이었지만 대단한 사람이었다. 대단한 언니의 남편이기 때문에 더 대단한 사람이었다. 이모는 자식들의 진로 문제도 혼사 문제도 아버지와 상의했다. 그랬으니 아버지 쪽이고 어머니 쪽이고 관계없이, 몇 촌이냐 하는 것도 가릴 것 없이 집은 항상 잔칫집처럼 친척들로 북적였다. 종조부는 물론이고 종조부의 며느리까지 드나들었고, 어머니 팔촌 동생의 시어머니도 문을 두드렸다. 오촌이니 팔촌이니 하는 촌수가 매우 익숙한 용어가 되었다. 할머니는 친구들과 장보러 나서놓고는 쓸데없이 장바닥에 돈 쓸 일 없다며 집에 들이닥쳐서 어머니에게 점심상을 차리게 했다. 할머니 이론으로는 까짓것 밥상에 숟가락 두어 개 더 놓으면 될 일이었고, 어머니는 그런 할머니의 논리에 토를 달지 않았다. 처음엔 마지못해 미안한 걸음으로 할머니를 따라오던 할머니의 친구들이 당당한 일행이 되어 따뜻한 숭늉이니 식은 숭늉이니 찾기에 이르렸다. 급기야 어머니가 아버지에게 하소연했다.

"어머님은 미리 연락이라도 하고 친구 분들을 데리고 오셔야지, 막무가내로 들이닥치시면 어쩌라고요."

"며느리 자랑을 하고 싶으신 게지."

아버지가 빙긋이 웃었다. 어머니는 다음 장날부터는 미리 따뜻한 숭늉과 식은 숭늉을 준비했다가 상을 물릴 때쯤 두 가지를 같이 내놓았다.

딸들이 모이면 그때 일을 되새김질할 때마다 마치 그 시절의 어머니라도 된 양 제 나름대로 그 상황을 받아들일 수 없어 법석을 떨었다. 때로는 가족도 힘에 부쳐서 식당에 가서 밥을 먹는 요즈음인데 느닷없이 들이닥친 할머니의 친구들까지 대접을 해야 되느냐는 둥, 친척의 시어머니까지 챙긴다는 건 도무지 할 일이 아니라는 둥 누구네 며느리가 된 딸들이 흥분을 하면 어머니는 간단하게 상황을 정리했다.

"그 시절엔 그랬다."

아버지가 가족과 친척들이 기꺼이 부여한 절대 권력을 누리면서 후회한 것은 딱 한 가지였다. 선일이.

선일이는 일본 만화에 푹 빠져 있었다. 선일이는 만화책을 만들고 싶어 했고, 만화 영화에 관심이 있었고, 일본어 공부에 열심이었다. 아버지는 그런 선일이를 볼 때마다 불호령을 내렸다. 어마어마하게 많던 할아버지의 재산이 그저 부잣집으로 전락한 것은 일제강점기 때였다. 온갖 명목으로 빼앗긴 것이다. 국가적으로 일본 문화에 적대적이었고, 사회분위기도 일본이라면 치를 떨었다. 잔인하고 악랄했던 일제강점기의 상흔이 선명했다. 6.25전쟁으로 한반도는 황폐하기 이를 데 없는데, 해를 넘겨 계속된 6.25전쟁은 패전국 일본의 빈사 상태의 경제가 특수를 누리게 만들었고, 군수 산업까지 부활하여 수출산업이 활기를 찾게 되었다. 일제강점기 때 일본의 잔학하고 무자비하고 악랄한 만행으로 고통스러웠던 한국인은 눈부시게 발전하는 일본 경제의 힘이 한반도에서 일어난 전쟁에 힘입은 바가 크다는 것에 분노와 증오가 끓어올랐다.

선일이가 선택한 것이 하필이면 일본이었다. 일본만화에 빠져 있던 선일이었으니 아무리 아버지가 바른 방향이라 일러도 선일이의 눈에 그 방향이 보일 리가 없었다. 엇나갔다. 다섯 딸에게 자애로웠던 아버지가 선일이에겐 엄격했다. 어쩌면 아버지는 선일이가 고집스럽게 하고 싶은 일에 몰입하기를 바란 것은 아니었을까. 차마 아버지가 그러라고 말할 수는 없어도 그리 해 주기를 간절히 바라고 있지는 않았는지. 선일이가 엇나갈 땐 아버지가 옳지 않기 때문이 아니라 그만큼 선일이에게 절실해서였는데, 결국에는 선일이가 늘 옳은 아버지에게 백기를 들어버렸다. 그 누구도 아닌 아버지의 지지가 없는 길이어서 선일이가 두려워했을지도.

"누나가 남자로 태어났으면 좋았잖아."

선진이에게 왜 딸로 태어났느냐고 항의하면서 선일이는 눈물을 머금고 꿈을 접었다. 선일이는 다섯째로 태어나 누나들에게 언니라고 부르는 소리만 듣고 자라서인지 누나를 언니라고 불렀다. 선진이를 언니라고 부르는 막내딸이 태어날 때까지 선진이를 언니라고 부르는 사람은 없었기 때문에 선진이만 선일이의 누나가 되었다. 아니, 선일이의 누나 부르기는 선진이의 교육 효과였다. 막내딸이 태어났다. 막내가 선진이를 언니라고 불러도 선일이는 여전히 선진이를 누나라고 불렀다. 선진이는 선일이가 누나들을 언니라고 부를 때마다 기겁을 하며 누나라고 부르지 않으면 같이 놀지 않겠다고 엄포를 놓았지만 선일이의 버릇은 쉰 살이 넘어도 고쳐지지 않는다. 다섯 자매 중에 가장 남성스러운 선진인데 그 남자 같은 선진이에게만 선일이가 누나라고 부른다. 선일이는 집안의 모든 일을 누나 선진이와 제일 먼저 의논했고, 선진이의 의견을 존중했다. 가족들도 친척들도 남들도 선진이에게서 아버지의 모습을 찾곤 했다. 아버지를 가장 빼닮은 자식은 아들 선일이가 아니고 넷째 딸 선진이었다. 선진이가 아버지에게 가진 가장 큰 불만은 아버지가 선일이만큼 자신에게 기대를 걸지 않는다는 것이었다. 선일이는 누나인 선진이가 아들로 태어났다면 자신의 인생이 달라졌을 거라는 소리로 이미 접어버린 꿈에 대한 미련을 나타내곤 했다.

"이모, 아버지는 그 시절에 어쩌면 그렇게도 딸들을 이뻐하셨을까요?"

"그래 말이다. 우리 형부가 다른 때는 무척 엄해 보여서 가까이

그리움 닿는 거기

하기 어려웠는데, 너희들과 놀아주실 때를 보면 그런 경계심이
다 사라지곤 했어. 무섭기도 했지만 참으로 따뜻한 분이셨는데."
그렇게 말해 놓고 이모는 제풀에 깜짝 놀랐다.

"언니, 이 황태국 일품이네. 이거 먹으러 또 와야겠어."
이모가 국이 맛있다는 말로 황급히 사태를 수습했다. 맞은편에 앉
아 입맛을 다시며 황태국에 연신 숟가락질을 하던 어머니가 이모를
바라보던 시선을 딸에게 옮기며 말했다.

"여기 처음 와 보는데 참 맛있다. 넌 이 식당을 어떻게 알았어?
우리, 다음에도 이 집에서 밥 먹자."
나란히 앉아 있는 이모의 허벅지를 자신도 모르게 꽉 잡다가 이모
와 눈이 마주쳤다. 이모가 눈시울이 빨개지며 처연히 어머니를 바
라보았다. 이모에게는 어머니도 고향일까.

현
해
탄
을
건
너
온
소
녀

"맏언니, 엄마가 전화를 안 받으셔."

"그래, 내가 확인해 볼게."

집전화도 휴대폰도 불통이었다.

혹 화장실에서 넘어지기라도? 도로를 건너다가 교통사고라도? 은행에 다녀오다가 소매치기를?

짧은 시간에 온갖 불길한 생각이 꼬리를 문다. 왜 이런 생각만 떠오르는지. 고모집에라도? 딸네에? 하며 마음을 달래보지만 차분해지질 않는다.

자식들끼리 전화를 해대느라 서로가 통화중이다. 기다려야 한다. 기다려야 한다. 주문을 걸어본다.

"선미야, 엄만 집 근처에 계셔. 쓰레기 비우러 가셨을지도 몰라."

현해탄을 건너온 소녀

이런 일이 생길까 하여 위치 추적 앱을 설치했는데, 허둥거린다고 그것조차 실행하지 않은 것을 만언니가 말해 주었다. 아버지가 사용하던 폴더폰을 어머니가 그냥 사용하겠다는 걸 증손주 재롱 보려면 스마트폰으로 바꿔야 한다고 설득했다. 스마트폰으로 틈만 나면 증손주 사진을 보는 재미가 희한하다며 어머니가 세상 좋아졌지를 되뇌었다. 집 근처라면 더더욱 이상했다. 왜 전화를 못 받느냐 말이다.

　"만언니, 엄마한테 전화를 시작한 지가 한 시간이 넘어."

　"오늘이 장날은 아니잖아. 어제 통화할 때 어디 간다는 얘긴 없으셨는데."

자식들이 모두 어머니의 행방을 모른다.

　"안 되겠어. 내가 가 볼 거야. 불안해서 견딜 수가 있어야지. 1시간 반이면 도착하겠지."

　"나도 가 봐야겠다, 선미야."

　"안 돼, 만언니. 예고도 없이 우리 둘이 들이닥치면 엄마가 놀라실 거야."

　"알았다, 네가 다녀와. 운전 조심하고."

될 수 있으면 자식들이 한꺼번에 가지 말고 각자 시간이 나는 대로 어머니에게 가기로 했다. 자식들이 모두 주말에만 어머니를 찾아서 어머니가 주말만을 기다리는 일은 만들지 말자고 했다. 혹 두 자식이 같이 어머니를 찾는 때가 있어도 어머니에게 갈 때도 떠날 때도 동시에 움직이지는 말자는 약속도 했다. 이런 얘기들이 다 무슨 소용이란 말인가.

과속이다. 차선이 잘 보이지 않는다. 다른 차들의 경적 소리에 깜짝 놀라 핸들을 휙 꺾는다. 꿋꿋, 늠늠, 담담. 조카 기영이가 포털 사이트의 코리안신대륙발견 카페에서 보았다며 가르쳐준 한글 주문을 떠올려본다. 기역부터 히읗까지 한글 주문을 외우면 정서 극기 훈련이 된다는데 디귿까지밖에 떠오르지 않는다. 꿋꿋, 늠늠, 담담. 별일 없을 거야. 꿋꿋, 늠늠, 담담. 눈물이 흐른다. 꿋꿋, 늠늠, 담담.

겨우겨우 어머니가 홀로 사는 아파트에 도착해서 속도가 느린 엘리베이터를 타고 14층에 도착했다. 가슴이 뛴다. 번호를 눌러 현관문을 열고 들어간다.

"엄마."

모든 방, 베란다, 화장실. 다 찾아봐도 어머니는 보이지 않는다. 이럴 때 누구에게 제일 먼저 연락해야 되는 거지.

꿋꿋, 늠늠, 담담.

"선일아, 집에 엄마가 안 계시네."

"작가 언니, 모두가 엄마와 통화를 못 했다고 하던데."

맏딸은 철이 들면서부터 맏언니로, 둘째 딸은 나이가 들어 소설을 쓰기 시작하면서부터 작가 언니로 부르고 있다. 어머니, 아버지가 툭 하면 작가 딸이라고 하니 동생들도 덩달아 작가 언니를 애칭으로 만들었다. 어머니가 아무 장소, 아무에게나 어린 시절 얘기를 할 때와 마찬가지로, 아무 데서나 작가 딸이라고 말하는 바람에 민망할 때가 종종 있었다.

통화를 못 했으니 상주까지 오지 않았나. 꿋꿋, 늠늠, 담담.

"아, 생각났다. 오늘 미장원에 간다 하셨어."

선일이가 기억을 떠올리며 말했다.

그걸 왜 이제야. 꿋꿋, 늠늠, 담담.

"어느 미장원인지 아니?"

"그건 모르겠는데. 고모한테 전화해 봐."

선일이가 남자라서 어머니의 미장원을 잊고 있었을까. 꿋꿋, 늠늠, 담담. 어머니가 다니는 미장원이라. 어느 미장원이 잘 하더라는 얘기를 들었던 미장원의 위치를 더듬어 보았다. 꿋꿋, 늠늠, 담담. 생각이 나야 한다. 두어 군데가 떠올랐다. 어디부터 가 보나. 어느 날 어머니에게 다니러 왔을 때 머리 손질 맡길 적당한 미장원이 없느냐니까 소개해 준 그 미장원부터 가 보기로 한다. 작가 딸에게 자신 있게 소개한 곳이니 어머니가 평소에 더 많이 애용하는 곳일 거다. 지금 어머니는 그 미장원에 꼭 가 있어야 한다. 꿋꿋, 늠늠, 담담. 어머니가 걸어서 미장원에 가니 차를 타도 걸어가는 길을 안내해서 난감했었다. 차가 겨우 지나갈 정도의 좁은 골목길도 지났다. 공터가 있었고, 북쪽으로 나가면 큰길로 통하던 미장원이다. 미장원 이름도 생각이 나지 않는다. 꿋꿋, 늠늠, 담담.

기억을 더듬어 근처까지 차를 몰고 가서 공터에 차를 세워두고 걷기로 한다. 꿋꿋, 늠늠, 담담.

미장원 옆에 한정식 식당이 있었더랬다. 반갑다. '저기다' 싶지만 과연? 꿋꿋, 늠늠, 담담.

미장원 간판을 보고서야 그 이름을 알고 있었다는 생각이 든다. 미장원 문을 벌컥 열었다. 어머니가 파마 롯드를 감은 채 텔레비전을 보고 있다. 꿋꿋, 늠늠, 담담.

"엄마."

어머니는 난데없이 미장원에 들어서는 딸을 보고도 반응이 없다. 어머니 곁으로 가서 팔을 잡으니 그제야 깜짝 놀랐다.

"네가 웬일이냐, 여기까지."

"이 근처에 볼일이 있어서. 집에 안 계셔서 선일이에게 물어보니 미장원 가셨대서요. 전화 많이 했는데 엄마가 안 받으시대."

"전화 안 왔는데."

어머니가 가방에서 휴대폰을 꺼냈다. 부재중전화 기록이 수십 통이다. 전화벨 소리가 들리지 않았다는 어머니. 설정으로 들어가 벨 소리를 확인해 보니 최대로 되어 있다. 다시 전화를 걸어보았다. 벨 소리가 잘 들렸다. 드라이기 소리, 텔레비전 소리. 그랬나 보다. 어머니는 소리를 크게 하지 않으면 잘 듣지 못했는데, 그게 선택적일 때가 많다는 생각이 든다. 어머니의 노화는 눈과 귀에 두드러졌다. 아버지가 계속 책을 읽을 수 있었다는 것도 자랑하는 어머니다. 어머

현해탄을 건너온 소녀

니는 책을 읽기도 힘들고, 바느질도 어렵다. 재봉틀 바늘에 실을 꿰는 것도 정확하게 바늘구멍을 가늠할 수 없어 달인이 된 것처럼 손 감각으로 실을 꿴다. 너무 건조해서 손바닥 같지도 않은 피부인데. 짙은 천에 하는 간단한 틀일은 약해진 시력 때문에 마음 같지 않아 포기해야 한다.

　"엄마, 머리 다하면 전화하세요. 집에서 책 보고 있을게. 온 김에 밥 먹고 가려고."

미장원 문을 나서는데 다리가 휘청거렸다. 어머니 집으로 다시 돌아와 현관문을 열려다가 남매단톡방에 상황을 보냈다.

　엄마 미장원. 인물 내고 계심.

　꿋꿋, 늠름, 담담. 평온과 여유를 가장하고, 과장하고.

　갑자기 기억나지 않던 다른 자모 한글 주문 하나가 떠올랐다. 씩씩. 씩씩. 씩씩.

　어머니 아파트 현관문을 열자 벽에 걸린 어머니, 아버지 장수 사진이 눈에 들어왔다. 장수사진이라……. 어머니가 100세이면 장수한다는 생각이 들까. 왈칵 눈물이 쏟아졌다. 꿋꿋, 늠름, 담담, 씩씩. 씩씩.

　책은 무슨. 읽겠다고 가져왔지만 아무 생각 없이 멍하게 앉아 있다가 코리안신대륙발견 카페에서 한글 주문을 검색했다. 꿋꿋, 늠름, 담담, 룰룰, 묵묵, 씩씩, 양양, 정정, 척척, 칼칼, 털털, 팔팔, 홀홀. 극한 상황에서 평정심을 찾기 위한 한글 주문이라는 내용을 보며 평정심이라는 낱말도 중얼거려 보았다. 꿋꿋 …… 훌훌. 6남매 모두가 어머니의 행방을 모른다는 걸 알았을 때부터 미장원에서 어머니를 보았을 때까지가 뇌리를 스치면서 꿋꿋하게 마음을 다잡고 방정맞은 생각일랑은 훌훌 털어버리자 다짐했다. 한글 주문을 되풀이해 중얼거리고 있을 때 파마가 끝났다는 어머니의 전화를 받았다.

어머니와 미장원 옆집 한정식 식당에서 밥을 먹었다.

어머니보다 먼저 아파트 현관을 들어서서 어머니가 현관문 도어를 닫는 소리를 듣고서야 현관문이 번호키로만 잠겨 있었다는 데 생각이 미쳤다. 다행이었다. 어머니가 겹겹이 문단속을 하면 그게 가슴을 짓눌렀다. 해지기 전에 집으로 들어가야 한다며 어머니가 전화 저편에서 귀가를 서두르면 눈시울이 뜨거워졌다.

이때쯤이면 어느 딸이든 오리라 기다리고 있었던 것은 아니었을까. 열쇠는 놔두고 번호키로만 현관문을 잠글 때는 어머니가 자식을 기다리고 있을 때다. 어머니가 버릇처럼 자식이 오기를 기다리고 있었던 건 아닌가 싶어 또 가슴이 철렁 내려앉는다.

"엄마, 열쇠로 문을 안 잠그고 외출하셨던 걸. 내가 올 줄 아셨어요?"

"그럼, 알다마다."

어머니가 웃는다. 어머니의 웃음에 숨이 막힐 지경이다.

"그게 아니고. 급하게 나가다가 문 잠그는 걸 잊었나 봐."

과민한 반응인지도 모른다. 맏언니는 어머니가 홀로가 되는 바람에 일어나는 현상이라고 했다. 그렇다고 어머니에게 굳이 새롭게 어누군가를 사귀라고 권하지는 않는다. 넷째사위 때문에 식구 수대로 혼이 난 일이 교훈이 되었을지도.

선진이는 그래도 모든 상황을 묵묵히 받아들이는 것 같아 안도의 숨을 쉰다. 하지만 선진이도 그렇게 보이려고 한다는 것을 모두들 알고 있다. 선진이의 전 남편, 어머니의 넷째사위는 살갑고도 살가워서 가족들이야 일찌감치 마음을 다 열어놓았고, 친척들까지 사위 잘 보았다고 부러워들 했다. 중소기업을 경영하고 있는데다 모든 친척들에게 한결같이 다정다감했다. 그 회사에 이모네 아들 정태까지 취직을 시켜주어 이모까지 '민 서방, 민 서방'을 입에 달고 살았었다.

"장인어른, 등 좀 밀어드리겠습니다."

장인과 함께 목욕을 가는 사위. 아버지가 모는 차를 제 손으로 세차하고, 그 연세의 노인이 관심을 가질 만한 온갖 전자기기를 아버지에게 선물하곤 했다. 넷째사위가 효도라디오를 선물했을 땐 노인정의 다른 노인들이 모두 따라하는 바람에 그렇지 않아도 돋보이는 아버지가 더욱 우뚝 서 보이게 되었다. 아버지가 필요 없다고 하는데도 넷째사위가 우겨서 아버지를 위한 영양제를 샀더니 노인정의 노인들이 그 영양제를 구입하려고 약국으로 몰려갔다. 약사가 성분이 같은 다른 이름의 영양제를 주자 사기 친다고 소동을 벌인 노인들이었다. 딸보다 더 나은 사위라는 칭찬이 꼬리 되어 따라다녔다.

"장모님, 제가 다녀오겠습니다."

자질구레한 심부름이라도 아이들을 시키지 않고 직접 다녀왔다. 장모님에게 필요한 일이었으니까. 어머니에게 온갖 재롱을 떨었다. 선진이가 못하는 재롱이니 남편이라도 해야 한다나. 누나들이 많은 집에서 자라서 넷째사위는 처가 식구들이 아주 편안하다나 뭐래나.

"엄마, 민 서방은 전생에 정승 댁 하녀가 아니었을까."

선진이가 그런 소리를 해댈 때마다 선진이는 어머니에게 꾸중을 들었다. 민 서방이나 되니까 마누라를 상전 모시듯이 하는 줄 알라고 어머니가 덧붙였다.

그런 민 서방이 어느 날 전화를 했다.

"처형, 새로운 사업 아이템이 있는데 한 달만 삼천 정도 내주시면 안 될까요. 선진이에게는 이런 전화했다는 말씀은 하지 말아 주세요. 집사람이 이런 문제에 예민하잖아요. 괜한 걱정을 끼치고 싶지 않습니다."

그래서 삼천을 계좌 이체해 주었다.

"처형, 어쩌지요. 제 생각보다 더 빠르게 규모가 커졌습니다. 급하시면 바로 돌려드릴게요. 혹시 여유가 되면 삼천 더 주시면 고맙구요."

급하지 않았다. 필요할 때 말할 테니 그때까지는 신경 쓰지 말고 사업에 이용하라며 또 삼천을 계좌이체 해 주었다.

그리고 일 년쯤 흘렀나.

현해탄을 건너온 소녀

"선미야, 민 서방네서 일하는 우리 정태가 월급을 못 받고 있나 보더라. 뭐 좀 아는 거 있니?"

"이모, 무슨 말씀이세요. 민 서방이 사업 규모 늘인다 해서 저도 몇 천 투자하고 있는 셈인데요. 사업이 잘 되고 있는 게 아니었어요?"

"글쎄, 나도 잘 모르겠다만, 사업이 잘 돼 보이지는 않아. 그러니까 월급도 못 받는 거 아니겠어."

"정태가 뭐랬는데요."

사촌동생 정태가 자형 덕분에 먹고 산다고 얼마나 좋아했던가.

"정태도 얘기하려고 했던 건 아니야. 요즘 형님이 사업을 전환한다면서 그쪽에 빠져있대. 몇 달만 월급을 미루어야 되는데, 참아줄 수 있겠냐고 하더라네. 나한테 얘기하면 부모님이 걱정하시니까 말하지 말라고 했대. 그러니 모른 척 하라고 신신당부하더라만."

걱정하니까 말하지 말라고? 이모와 전화를 끊자마자 맏언니에게 의논했다. 맏언니도 민 서방에게 몇 천씩을 주었다고 했다. 걱정하니까 말하지 말라는 당부를 들으며. 선진이에게 연락이 갔다.

민 서방은 그렇게 모은 돈을 도박으로 몽땅 날렸다. 민 서방이 그 동안 쌓은 신뢰로 형제자매는 물론 친척들에게까지 돈을 빌렸다. 몹시 급한데 장인에게는 걱정을 끼치고 싶지 않으니 말하지 말라고 했다. 어머니, 아버지에게는 다른 자식들이 알면 걱정한다며 입단속을 부탁하고 거금을 얻어냈다. 그러고도 상황을 수습하는 일에 민 서방은 전혀 슬기롭지 못했다. 민 서방이 처가 식구를 본 것이 한두 해가 아닌데 어쩌면 그다지도 서툴 수 있는지. 돈은 무슨 돈, 차용증서도 없잖아, 이게 민 서방 방식이었다. 민 서방은 친척들에게까지 거액을 빌렸다. 아버지와 함께 형제자매들이 친척들에게 빌린 돈을 얼른 갚았다. 돈도 돈이지만, 민 서방이 식구들 마음에 큰 상처를 주었다. 수습한다고 나름대로는 얼이 빠졌을 거라고 민 서방을 이해하려 했다. 설마 도박에 그 많은 돈을 날렸을 리는 없고, 제 살 궁리는 해 두었으려니 했다. 허망하게 도박판에 쓸어 넣지 말고 제발이지 제 살 궁리라도 해 놓았기를, 했다.

　　가장 가까이에서 배반감을 느껴야 했던 선진이는 민 서방을 용서하지 않았다. 심지어 민 서방은 헤어진다는 얘기가 나오는 즈음에도 아버지를 찾아가 장인의 마음을 흔들어 용돈을 얻어갔다. 민 서방과 헤어진 선진이는 다니던 직장을 그만두고 이제 본인이 직접 사업체를 이끌어가고 있다. 가슴에 대못을 박은 사위 민 서방에 대해 아버지가 결론을 내렸다.

　　"참 나쁜 사람이구나."

절대 군주 아버지의 그 말을 끝으로 자식들은 민 서방을 잊기로 했다. 그럼에도 어머니는 오래오래 사위를 잊지 못했다. 절대로 나쁜 마음으로 그랬을 리 없다고 믿고 싶었을까. 물론 잊기가 쉽지 않아서 문득문득 떠오르는 바람에 정신을 어지럽히기도 하지만 방법이 없어 모두들 그냥 받아들이고 있었다. 이모는 지금도 종종 말하곤 한다. 도박이 얼마나 사람을 황폐하게 만드는지. 그 좋던 사람이 어쩌면 그렇게도 바뀔 수가 있겠느냐고. 그리고 무엇보다 그런 일을 겪고도 언니네 가족은 이렇게도 아무 일이 없었던 것처럼 우애로울 수가 있느냐고. 민 서방을 나쁜 사람이라고 규정하면서 아버지가 말했다.

"우리 자식들이 착하게 자라주어 고맙다."

자식들은 다행히 알고 있었다. 돈보다 사람이 더 중하다는 것을. 곁에 어머니, 아버지가 함께 한다는 것과 그 무엇을 바꿀 수 있으랴. 부실한 어머니의 치아를 임플란트로 바꾸어야 한다고 막내가 강하게 주장한 것이 그즈음이었다. 어머니가 앞으로 단 하루만 더 살게 된다 하더라도 임플란트를 해야 한다고. 어머니가 건강해야 온 가족이 평안하다고. 자식들이 모두 엄청난 금전 손해를 입은 게 엊그제라 괜찮다면서 넘어가려는 어머니의 고집보다 힘이 셌던 것은 막내의 눈물이었다. 넷째 사위 민 서방이 있을 때는 빛을 발하지 않았던 것이 민 서방이 떠나고 없는 집안에 막내사위는 더할 수 없이 어머니 아버지의 위안이 되었다. 신기한 것이 본가에서 맏이인 막내사위는 든든한 기둥이었다가, 처가에 오면 추임새가 좋은 막내 역할을 아주 훌륭하게 해냈다.

"우리 작가 딸, 선미 넌 계란찜에 파 많이 넣은 거, 안 좋아하지?"

어머니는 용케도 그런 걸 기억하고 있다. 밥상에는 어류나 육류는 보이지 않는다.

"우리 엄마, 고기류 없이도 이만큼이나 건강하셔서 신기해요. 고마워요, 엄마."

"고기 그게 뭐 좋으냐. 비릿하기만 하지. 난 냄새도 싫다, 애."

"엄마도 처음부터 고기를 안 자신 건 아니라며."

"그렇지. 어렸을 때 학교 마치고 집에 왔는데 집에 아무도 없더라고. 배가 고파서 부엌으로 갔거든. 돼지가 피를 흘리며 있지 뭐야. 얼마나 놀랬는지 그 후론 다시는 고기를 못 먹었어."

어린 시절 일본에 살 때 집이 참 좋았다. 2층집이었거든. 어머니가 이렇게 회상하곤 했다.

어머니가 밥상도 물리기 전에 다시 현재를 벗어나기 시작했다. 어머니의 '지금, 여기'로 동행할 준비를 해야 한다. 밥상을 들고 주방으로 옮기려 하자 어머니가 그냥 주방에 두고 오란다. 물론 어머니가 치워야 어머니 마음에 찰 것이다. 반찬 두어 가지만 냉장고에 넣고 밥그릇에 물을 부어 놓은 후 거실로 돌아왔다.

"외할아버지는 인물이 좋으셨다. 일본말을 얼마나 잘하셨는지 외할아버지가 스스로 말씀하지 않으시면 조선 사람인지도 몰랐다."

외할아버지로 시작해도 금방 어머니의 '지금, 여기'는 어린 시절의 사다요시가 될 줄을 이미 알고 있다. 어머니의 '지금, 여기'가 70년 전이어서 얼마나 반가운지. 외할아버지는 친일 행위를 한 것일까.

현해탄을 건너온 소녀

조선 사람이 어찌 일본인 회사에 간부가 될 수 있었을까. 조선 사람으로서 일본인이라야 가능한 혜택까지 누리다니. 그것도 외할아버지만이 아니고 자식들까지. 그러나 어머니에게 이런 의문을 제기할 수는 없었다. 일본에 간 조선 사람들이 일본에 가서 사는 것 자체가 친일이고, 잘하면 잘할수록 일본인들에게 인정받아 회사에서 높은 간부가 되는 것 자체가 친일로 인식될 수 있는 것을.

텔레비전에서 위안부며 소녀상이며 일제강점기에 관련한 뉴스가 나오면 어머니도 여느 한국인처럼 분노를 금치 못한다. 태극기를 들고 독도에 입도한 적이 있는 어머니는 독도는 우리 땅이라고 강하게 외치고야 일행과 함께 독도를 떠났다. '독도는 우리 땅' 바뀐 노래 가사에는 대마도는 조선 땅이고 독도는 우리 땅, 한국 땅이다. 틀림없는 한국인 어머니가 끊임없이 사다요시 시절로 돌아가곤 한다.

외할아버지는 마쓰이구미松井組, まついぐみ를 맡았다. 마쓰이松井는 식민지 시절 일본으로 건너간 박朴 씨들이 일본 성姓을 만들 때에 상당수가 사용한 일본 성이다. 창씨개명 자체가 일본에서 살아갈 생존방식임에도 친일로 치부될 수밖에 없었을 것이지만. 어머니 이름인 정숙의 일본 발음인 데이슈쿠에서 다시 사다요시로 바꾼 것도 재일본 조선인들의 애환이었다.

직원들에게 임금을 주는 것도 어린 사다요시가 보았다. 오사카시

센본도리 2층집의 맏딸 사다요시는 센본고쿠민각코에 다녔다. 사다요시를 특별히 아낀 이케카와 센세이는 저학년 학생으로서는 갈 수 없는 사이호시츠^{재봉실, 裁縫室, さいほうしつ}에도 갈 수 있게 해 주었다. 40대가 넘는 재봉틀이 갖추어진 재봉실은 어린 사다요시에게 경이로웠다. 사다요시에게 그때 사이호시츠가 너무도 강렬하게 남아서 훗날 정숙이 외가에 놓여 있는 재봉틀을 스스로 만지며 놀게 되지 않았을까. 센본고쿠민각코 운동장 한 모퉁이에 설치되어 있는 수영장도 사다요시에게는 잊을 수 없는 공간이었다. 사다요시는 수영복을 입고 수영을 할 때가 무척 자유로웠다. 일본어에 능통한 사다요시의 '아버지'는 이케카와 센세이의 요청으로 자주 학교를 방문했다. 사다요시는 일본인들 사이에서 조금도 위축되지 않는 '아버지'의 모습이 너무도 자랑스러웠다.

태평양 전쟁이 치열해지면서 사다요시는 그런 생활을 계속 누릴 수 없게 되었다. 소개령이 내려져 아이들이 연고가 없어도 무조건 시골로 떠나야 했을 때 다행스럽게도 사다요시는 동생들을 데리고 먼 친척이 살고 있는 시골로 갈 수 있었다. 한국으로 말하면 서울에서 대구까지 거리가 되는 시즈오카현 하마마쓰로 가는 피난길에서 사다요시는 믿음직스럽게 피난 생활을 해냈다. 일제가 허락하지 않아 '아버지'와 '어머니'는 함께 가지 못했다. 사다요시에게 피난처로 찾아간 하마마쓰 시골집은 불편하기 짝이 없었지만 동생들을 돌보아야 했기 때문에 의젓하게 견뎌야 했다. 하마마쓰에서는 비행기

현해탄을 건너온 소녀

공습은 없었지만 지진은 여전해서 뒷산의 대나무밭으로 몸을 피하곤 했다.

사다요시의 '아버지'는 자식들을 하마마쓰에 격리시키면서까지 일본살이를 하고 싶지 않다는 생각을 하게 되었다. 광복은 되지 않았으나 돌아갈 조국이 있다는 것이 귀하게 여겨졌다. 그 동안 차곡차곡 준비한 귀국을 결행했다. 생존친일을 버리고 조국으로 돌아가야 할 때인 것이다. 그렇게 해서 사다요시는 아버지의 결정으로 가족들과 함께 현해탄을 건너 '아버지, 어머니'의 조국으로 돌아왔다.

일본이나 조선이나 일본인들이 지배하는 건 마찬가지였지만 조선의 땅만은 지진도 공습도 없어 조국의 안전한 땅이 고마웠다. 일본에서 태어나 일본 집에서 살아온 사다요시의 눈에 조선에서 살집은 몹시도 초라했다. 어떻게 방문이 그리도 작을 수 있는지. 어린 사다요시조차 머리를 숙여야 방으로 들어갈 수 있었다.

그러나 즐거웠다. 한들이라는 이름이 붙은 넓은 들녘 끝자락에 자리한 마을은 평화롭기 그지없었고, 마을 입구에 서 있는 느티나무 아래에서 마을 사람들이 어울리는 모습은 따뜻하고 정겨웠다. 이웃사람들과 만나면서 듣기만 하던 조선말을 입으로 말하는 어려움도 싫지 않았다. 지진 때문에 자다가 일어날 일도 없이 온밤을 평안하게 잘 수 있다는 달콤함은 조국으로 돌아왔다는 생각보다 더 강렬했다. 피난을 갈 필요가 없는 삶이 이어졌다. 일본인들이 지진 때문에 피난을 가는 것이 비참하게 생각되었다.

조선에 나오고 몇 달이 흘러서 광복을 맞이했다. 광복 후 얼마 지나지 않아 사다요시는 십오 리 길을 걸어 학교에 가게 되었다. 마쓰이 사다요시는 오사카에서 태어날 때 지었던 이름인 박정숙으로 이미 돌아가 있었다. 일본에서는 사다요시의 어머니가 조선말을 했기 때문에 사다요시의 가정에서는 2개 국어를 사용하고 있었다. 학교에서는 일본어로, 집에서는 조선어로. 자존심이 강한 사다요시는 듣기만 했던 조선어를 능숙하게 말하지 못하느니 학교에서는 차라리 말을 하지 않고 지냈다. 조선어를 말하지 못해서 나이보다 낮은 학년인 1학년 교실로 배치되었다. 시험을 치니 성적이 우수했다. 이내 2학년이 되고, 3학년으로 월반해서 4학년이 되는 데는 그리 오랜 시간이 필요하지 않았다.

박정숙은 말은 하지 않는데 시험 성적은 매우 뛰어난 아이로 소문이 났다. 구구단을 외우는 시간이 있었다. 박정숙은 오사카의 고쿠민각코에서 이미 외운 구구단이었지만, 일본어로밖에는 외울 수가 없었다. 학급의 아이들은 그걸 매우 재밌게 생각했나 보다. 담임의 지시로 박정숙은 일본어로 구구단을 외우지 않으면 안 되었다. 그 시절의 많은 아이들이 어쩔 수 없이 2개 국어를 사용해 왔었다.

니니가시 (이이는 사)

니산로쿠 (이삼은 육)

니시하치 (이사 팔)

현해탄을 건너온 소녀

박정숙은 능숙하게 일본어로 구구단을 외웠다.

그래서인지 어머니의 수 헤아리기는 아직까지 니, 시, 로쿠가 먼저 나오곤 한다. 조선에 나와서도 어머니의 '뭐든지 잘하는' 행진은 계속되었다. 어머니가 어린 나이에 십오 리가 되는 국민학교 가는 길을 걸어서 등하교하는 것이 보통 어려운 게 아니었을 텐데 '걸어 다니는 등하굣길이 매우 힘들었다'는 말은 하지 않았다. 나가사키나 오사카에서 학교생활을 하던 때에도 어머니의 뇌리에 조선 아이로서 힘들었던 일이 많았을 텐데도 그런 기억이 없었다. 그때의 일본 아이들이 어머니가 아무리 공부를 잘했다 해도 조선의 아이를 보고 조센징이라고 놀렸음직한데. 분명한 것은 어머니의 얘기에 이케카와 센세이는 있었어도 무슨 '코'라는 이름을 가진 일본인 친구는 등장하지 않았다는 것이다. 악역을 맡은 아이도 없었다는 것은 보이지 않는 이지메 비슷한 것이 공부 잘하는 사다요시에게는 해당되지 않았나 보다. 수많은 사람의 얘기에 등장하는 조선인이기 때문에 당하는 차별은 어머니의 뇌리에는 남아있지 않았다. 열 살 귀국 때까지의 아이의 마음에는 국가적인 식민지 개념도 없었으리라. 다만 외할머니조차 그런 비슷한 얘기도 하지 않았다는 것은 외할아버지가 일본에서 큰 회사의 간부로서 중산층으로 살았던 때문이 아니었을까.

어머니가 일본어로 구구단 외기 시범을 마쳤다. 그러나 어머니의 얘기는 아직은 끝나지 않는다. 조선에 돌아와서도 어머니는 글씨도 잘 쓰고 그림도 잘 그리고 달리기도 잘하고 공부도 잘했다. 어머니가 학생이었던 그 시절에는 초칠을 한 종이인 원지에 철필로 글자를 써서 등사를 했다. 비슷한 힘으로 글자를 써도 원지가 찢어지곤 했다. 그런가 하면 원지에 글자가 깊게 긁혀 잉크가 새는 바람에 뜻하지 않은 굵은 글씨체가 만들어져 무슨 글자인지 알아보기가 힘이 드는 경우도 있었다. 등사한 시험지는 80년대까지도 사용하고 있었으니 참으로 오랜 세월 애용되었다.

학생인, 아니 아동인 어머니가 교사 대신 원지를 긁었다. 시험 문제를 아동이 긁는다면 그 아동은 시험을 어떻게 친단 말인가. 이미 문제를 다 알고 있는데. 하지만 어머니의 오류일지도 모르는 기억을 바로잡으려고 어머니에게 묻지는 않았다. 어머니가 글씨를 잘 쓰는 얘기의 대표적인 사례로 등장하는 원지에 철필로 시험문제 긁기. 어머니의 일품 글씨는 지금도 어디서나 주목을 받는다. 어머니의 글씨는 노인이 쓴 글씨여서도 주위를 놀라게 하지만 컴퓨터로 웬만한 문서를 만드는 요즘에는 악필이 더 많아서도 돋보인다.

어머니의 그림 잘 그리기는 환경 정리가 대표적인 사례다. 이미 센본도리고쿠민각코에서부터 이케카와 센세이에게 인정받은 솜씨가 아닌가. 어머니의 그림은 언제나 우수작으로 선발되었고 전시되었다. 어머니는 교사 대신 환경 정리 때문에 교사보다 더 바빴을 것이다. 환경 정리 작업은 2010년대인 지금도 학교마다 3월이면 되풀이되고 있다. 일반계 고교에서는 더 이상 교실 벽을 장식하는 일은 하지 않는다지만, 그 외의 학교 급에서는 새 학년이 시작되면 치러야 하는 연례행사다.

어머니의 달리기 기억에는 운동회가 등장했다. 시골의 운동회는 동네 잔치였다. 1980년대에도 그랬으니 1940년대 모습이 짐작이 가는 일이다. 운동회를 해도 동네잔치가 되는 때였으니 1988년의 서울올림픽이 얼마나 온 국민을 들뜨게 했을 것인가. 어머니가 워낙 잘 달렸다. '내 뒤의 2등하는 아이는 진짜 잘 달리더라'는 우스갯소리는 어머니의 얘기와 비슷거리도 되지 않는다. 이 이야기에는 어머니의 외숙모가 등장한다.

"정숙이가 달리기를 얼마나 잘 하던지. 어느 만큼이나 달려가다가 그 자리에 우뚝 서서 얌전하게 뒤를 돌아보는 거야. 다른 아이들이 멀리서 달려오는 걸 확인하더니 그제야 결승선으로 가는데 우리가 얼마나 웃었는지 몰라."

그 모습을 평생 잊을 수 없노라까지 말해야 스페셜드라마 같은 반복 이야기는 끝났다.

이어서 등장하는 인물은 다시 외할아버지다.

어린 시절 외할머니 곁에서 잠을 자던 어머니가 뭔가 이상한 느낌에 눈을 떴다.

"엄마, 코에서 물이 줄줄 나와."

어머니가 외할머니를 깨웠고, 놀란 외할머니가 어머니 코에서 나오는 물이 코피라는 걸 알고는 더욱 놀랐다. 어찌어찌 코피는 멈추었지만 이튿날 외할아버지가 학교로 담임교사를 찾아갔다. 어머니가 환경 정리한다고 계속 귀가가 늦었으니 틀림없이 환경 정리가 원인이었다고 생각하고, 항의를 하려는 것이다. 학생을 얼마나 혹사시켜서 코피까지 쏟게 한단 말인가. 외할아버지가 오사카에서 어머니가 다니던 센본고쿠민각코에 여러 번 다녀온 적이 있어 조선에서 학교를 방문하는 일은 어렵지 않았다.

학교를 방문하고 돌아온 외할아버지는 기분 좋게 취해서 귀가했다.

잘난 우리 딸. 글씨 쓰기고 그림 그리기고 환경정리를 교사보다 더 잘하는 우리 딸.

'우리 딸'이 잘나서 코피가 쏟아지는 일도 생겼다. 광복을 맞이한 조국에서도 외할아버지는 이 부분에서 또 되풀이해야 한다. 조센노 히토니 우마레테 혼또니 못타이나이데스. 조선인으로 태어난 것을 정말로 아깝다고 일본인들이 말하던 그 어머니의 일이 딸로 태어나서 아깝다는 외할아버지의 말로 바뀌었지만, 어머니는 아들로 태어났더라면 하는 소망을 비친 적이 없다. 아들과 딸이 차별을 받고 있다는 것을 모르지 않았음에도 어머니는 어머니가 아들이었기를, 다시 태어난다면 아들로라는 말을 실수로라도 입 밖으로 낸 적이 없었다. 선진이가 아니라 선일이는 지금도 소망하고 있는데. 누나가 아들이었기를.

"엄마, 이젠 자고 내일 얘기합시다."

"그러네. 벌써 시간이 이렇게 되었네. 너하고 얘기하니 시간이 얼마나 잘 가는지."

어머니에게 시간은 넘치고도 넘쳤다. 어머니는 어쩔 수 없이 얘기를 끝내고 잠을 청하면서도 현재로 돌아오지는 못하는 모양이다. 그런데 어머니가 소파가 아니고 거실 바닥에서 잠을 청한다.

"엄마, 이젠 소파가 불편하세요?"

"소파나 거실 바닥이나 같지, 뭐. 아버지도 안 계시는데 내가 빨리 쫓아갈 일도 없고."

순간 깜짝 놀랐다. 아버지가 부르면 아버지에게 빨리 달려가려고 소파에 누워서 잠을 잤다고?

아, 엄마.

어머니는 딸의 마음은 아랑곳없이 여전히 70년 전에 머물러 있었다.

"조선에 오니 지진이 없더라고. 얼마나 신기하고 좋던지……."

어머니에게 일본은 지진이 있는 나라이고, 한국은 지진이 없는 나라로 구분될지도 몰랐다.

광복은 어머니에게 지진 없는 조선이 더욱 신비로운 나라가 되도록 만들어 주었다.

6 · 25, 동족으로부터의 피란

광복 후에 어머니는 국민학교를 마쳤고, 중학교에 다니면서 6.25전
쟁을 겪었다. 국민학교 시절에는 태평양 전쟁을 겪어야 했으니 두
번이나 큰 전쟁을 겪었음에도 어머니는 트라우마에 시달리지 않는
다. 아니, 그렇다고 믿고 있는 듯하다.

　전쟁이 났다.

　난리가 났다고? 난리라니. 공습도 없는데 무슨 난리란 말인가.
인민군이 쳐들어왔다고 했다. 인민군이 뭐냐고 물으니 빨갱이란다.
빨갱이가 왜 난리를 일으킬까. 예부터 전쟁은 뭘 얻을 게 있어야 일
으킨다는데. 빨갱이가 원하는 게 무엇인가. 통일. 어머니는 나라가
38선을 경계로 하여 둘로 갈라졌다는 것은 알고 있었다. 왜놈으로
부터 광복을 맞이한 것이 5년 전 일인데. 왜놈들이 나라를 빼앗았

고, 그리고도 모자라 일으킨 태평양전쟁 때문에 마을에서 위안부로, 징용으로, 징병으로 끌려간 사람이 채 돌아오지 못한 사람도 있는데 또 전쟁이다.

어머니가 대단한 역사관을 지니고 있거나 시대를 따라 정치적인 판단을 하며 세월을 살아오지는 않았을 것이다. 태평양전쟁은 자다가도 일어나서 방공호로 대피하는 것을 뜻했다. 어머니는 1학년 1학기를 마치고 나카사키에서 오사카에 있는 센본고쿠민각코로 전학을 갔다.

가끔 그런 생각을 한다. 어머니가, 아니 외할아버지가 그 시절 원자폭탄이 투하된 나가사키를 떠나지 않았다면 어찌 되었을까. 사다요시는 조국으로 돌아오지 못했을지도 모른다. 터무니없는 상상인 줄 알지만, 오싹해져 소름이 돋는 것도 어쩔 수 없다. 태평양전쟁 초기의 나가사키는 미군의 야간 기습 폭격 대상 도시가 아니었던 만큼 외할아버지가 조선으로 돌아가야겠다고 결심하도록 자극하지 않았을 수도 있었다. 8월 초 나가사키에 대규모의 공습이 있어서 많은 사람들이 도시를 떠나 피란을 갔다 할지라도 이어진 나가사키 원폭 투하로 너무도 많은 민간인이 희생되었다. 굳이 원자탄을 투하했어야 하느냐는 것은 지금의 북핵 논란에 이어져 있다. 전쟁을 일으킨 일본이 전쟁 피해국인 것처럼 히로시마에 평화기념관을 세워 전쟁의 참상을 후손들에게 알리는 것은 아이러니다. 평화공원에서는 히로시마 중심에 있던 뼈대만 남은 원폭돔을 볼 수 있고, 20만

명의 히로시마 원폭 피해자의 1할에 해당하는 한국인 피해자를 위해 한국인 위령비도 건립되어 있다. 원폭 피해를 입지 않고 열 살에 귀국한 어머니는 그래서 히로시마보다 오사카가 더 부각되어 오사카를 기억하고 있다.

나가사키에서 전학을 간 오사카에는 야간 공습이 잦았다. 어머니는 그 시절을 '폭격과 지진 때문에 방공호로 대피하지 않고는 하루도 지내지 못했다'고 회상했다. 어머니는 동생들과 하마마쓰로 피란을 가야 했고, 결국은 지진과 난을 피해 현해탄을 건너 광복을 맞이했다. 어머니가 겪은 일제강점기는 조선어를 알고 있기는 하지만 사용하지는 못하면서 일본어로 생활한 센본고쿠민각코의 삶이었고, 귀국해서는 일본어가 더 능숙해 한동안은 말을 않으며 조선의 국민학교 시절을 보냈다. 공습과 지진이 없는 조선 땅에서 조선인으로 살면 아무 문제가 없을 줄 알았는데, 북한의 남침으로 난리가 났단다.

어머니는 오랫동안 한국인이 아닌 조선인으로 살았다. 조선시대 사람도 아니면서 어머니는 아주 쉽게 조선이라는 낱말을 사용한다. 비교 대상이 생각보다 클 때 '조선만 한' 신발이고 떡이고 옷이다. 그런데 더 깊이 파고 들어가 보면 큰 게 크다는 생각이 들지 않을 때 이 말을 사용하기도 한다. 칭찬이라고 던지지만 묘하게 칭찬하고 싶지 않을 때 등장하는 말이기도 하다. '조선'은 그런 게 아니었을지. 그럼에도 '조선'은 끈질기게 삶에 들어붙어 있었고, 아무리

떼려 해도 뗄 수도 없었다. 그런 어머니는 조선인이면서 일본에서 태어나 조선인이 아닌 것처럼 어린 시절을 보냈고, 그렇다고 일본인은 더더욱 아닌, 도무지 알 수 없는 국제인이었다. 너무도 혼란스러운 시대에 생각을 정리하는 것으로부터는 도망쳐 하루하루 부지런을 떨면서 살아냈다. 어머니가 한국인이니 조선인이니 하고 구분하는 일에는 관심도 없이 열심히 살아왔다는 게 맞다. 어머니가 사다요시 얘기를 되내기 시작한 것은 극히 최근의 일이기 때문이다.

일본의 압제로부터 벗어난 지 얼마나 되었다고 다시 빨갱이 난이라니. 살고 있는 곳에 빨갱이가 내려왔다니. 무조건 빨갱이로부터 도망가야 하는데 나라를 빼앗겼을 때보다 더 혼란스럽다. 너무도 두려워서 뱉지 못한 말. 죽음. 소개령이 내려 하마마쓰로 피난을 갔던 어머니의 열 살은 끔찍하고 잔인한, 바로 그 낱말과 깊이 묶여 있었다. 사람이 만들어낸 비행기가 폭탄을 퍼붓고, 사람이 지진처럼 땅을 뒤흔들었다. 그리고 다시. 이유도 이해하기 어렵지만 또 도망을 가야 한다.

피란을 가야 한다며 보따리를 싸는 사람도 있고, 도대체 어디로 피란을 가야 하느냐며 울부짖기만 하는 사람도 있었다. 전쟁이 일어난 지 사흘 만에 인민군이 서울을 점령했다는 소식은 도무지 믿을 수가 없었다. 문경 이화령 고개 전투가 끝날 무렵도 전쟁이 일어난 지 채 한 달도 되지 않았을 때였다. 외할아버지는 조금만 더 기다려보자는 신중론을 선택했지만, 문경에서 상주는 지척이다.

상주 읍내에 인민군이 들어왔다는 소식을 접하자 외할아버지는 우선 어머니 남매들을 증조할아버지댁으로 피란을 가게 했다. 외가도 읍소재지에서 십오 리 이상이나 떨어진 마을이지만 증조할아버지댁은 거기서도 또 십 리가 떨어진 산골마을이었다. 외할아버지가 어머니에게 다짐을 했단다.

"정숙아, 너는 열 살 때도 동생들을 데리고 하마마쓰로 피란을 간 적이 있지 않느냐. 네가 동생들을 잘 보살펴야 한다. 아버지가 데리러 갈 때까지 절대로 되돌아와서는 안 된다는 걸 잊지 말아라."

외할머니가 등을 토닥이며 어머니에게 고개를 끄덕여 보였다. 외할머니는 먹을 것을 여러 보따리로 나누어 동생들에게도 들게 했다. 어머니는 방으로 달려 들어가 어머니가 만든 보자기로 외할머니가 준 먹을 것을 한 번 더 싸서 짐 보따리를 하나로 만들었다. 보따리를 대각선으로 등에 짊어질 수 있도록 하여 외숙과 번갈아 메고 갔다. 센본고쿠민각코 사이호시즈^{재봉실}에서 보았던 재봉틀이 외가에도 있었다. 외할머니가 재봉틀을 사용하는 것을 보고 어머니가 혼자 재봉틀 사용법을 익혔다. 어머니가 연습 삼아 만든 것이 그 보자기였다. 다른 보자기보다 유달리 컸다. 책을 보자기에 싸서 등에 대각선으로 메고 다니는 아이들을 보면서 보자기가 크면 편리하겠구나 싶었단다. 어머니는 중학생이었지만 이미 살림꾼이 되어 있었다. 무엇이건 관심을 가지고 눈으로 본 것이면 어떻게 해서든지 어머니

6.25. 동족으로부터의 피란

는 그것을 떡하니 만들어 놓았다.

양재를 배우지 않았으면서도 어머니는 자식들이 어렸을 때 옷을 손수 만들어 입혔다. 요즘 식으로 하면 수제 명품이어서 자식들은 은근히 우쭐해 하곤 했다. 어머니의 눈에 들어온 옷이지만, 더 멋지고 더 편리하게 탄생한 옷이었다. 배우지 않아도 저절로 익히는 놀라운 재주가 어머니에겐 있었다. 그것이 학교교육이 만연한 요즘 시대 이전의 우리 민족의 전통 계승법이었으리라.

어머니는 증조할아버지댁으로 가는 길을 떠올렸다. 동생들과 가려면 조금은 먼 산길보다 냇물을 가로지르더라도 지름길을 이용하고 싶었다. 겨울에도 냇물을 가로지르는 길을 택해서 증조할아버지댁으로 간 적이 있었다. 중학생이 된 기쁨에 이모를 데리고 증조할아버지댁에 다니러 갔었다. 십오 리 이상을 걸어 다녀야 하는 등굣길이 지루하지도 힘들지도 않았다. 매일 십오 리를 왕복하면서 걷는 데는 이골이 나 있었지만, 동생들을 데리고 가야 했고, 냇물을 건너야 했다. 그 겨울날, 냇가에 다리가 없어서 얼음처럼 찬 냇물을 건너야 했다. 그때도 어머니는 망설이지 않고 버선을 벗고 이모를 업어 주었다. 어머니는 동생이 왜 따라나섰는지 마음속으로도 원망하지 않았다. 동생이 목에 매달릴 때의 그 기분을 잊을 수가 없다. 살을 에는 냉기가 발을 베는 듯했지만 동생의 무게가 그 냉기를 잊고도 남게 만들었다. 7월의 냇물은 차라리 시원할 것이다.

냇가에 도달했을 땐 동생들을 업어서 물을 건널 필요가 없었다. 동생들이 아예 멱을 감고 놀기로 작정했기 때문이다. 어머니는 잠시 전쟁과 피난길임을 잊기로 했다. 외할아버지가 돌아오지 말라고 했지 냇물에서 놀지 말라고 한 건 아니었음을 상기하고, 멱을 감고 노는 동생들과 함께 웃음을 날렸다. 한참이나 멱을 감다가 허기가 져서 보따리를 풀고 배를 채울 땐 원족遠足.소풍이 되었다. 지치도록 놀다가 증조할아버지댁에 갔을 때도 긴 여름 해는 아직 지지 않았다. 증조할머니 품에 뛰어들어 까르륵거리던 막내둥이가 깜깜해지는데 왜 엄마는 오지 않느냐며 울먹였다.

낮에는 이런저런 놀이를 하면서 지내면 되는데 저녁을 먹고 나면 막내둥이가 집에 있는 엄마를 찾아서 어머니는 무엇보다 막내둥이를 달래는 게 힘들었다. 겨우 이틀을 견디고 사흘째는 홀로 증조할아버지댁을 나섰다. 홀로 나서는 어머니를 증조할아버지도 군이 말리지 않았다. 이미 어머니는 그렇게 길을 나서도 걱정하지 않아도 될 만큼 성인 대접을 받았다. 엄마를 그리워하는 막내둥이를 데리고 가고 싶었지만 절대로 되돌아오지 말라는 외할아버지의 당부가 생각나서 그만두었다. 만약 인민군에게 쫓기면 막내둥이가 없어야 쉽게 달아날 수 있을 것 같다는 계산도 했다. 빨갱이니까 멀리서도 빨갛게 표시가 날 것이기 때문에 눈만 똑바로 뜨면 위험을 피할 수 있을 것 같았다.

드디어 집에 도착했는데 외할머니는 왔냐, 어쨌냐 말도 없이 어머니를 방에 데리고 들어가서는 한쪽 구석으로 몰아쳤다. 외할머

6.25, 동족으로부터의 피란

니는 허둥거리며 밖으로 나가 어머니 신발을 방으로 가지고 들어
왔다.

"넌 중학생이야. 집에 오면 안 된다고 했잖아. 내일 새벽에 다시
돌아가거라."

꼼짝하지 말고 있으라며 단단히 이르고 외할머니는 방을 나갔다.
곧 마당 쪽에서 연기 냄새가 방문을 넘어 들어왔다. 외할머니가 밥
이라도 하는 모양이다. 아직 귀가하지 않은 외할아버지를 위한 밥
일 것이다.

"아주머니, 정숙이 왔다면서요."

목소리의 주인공을 알 듯도 하여 어머니는 바로 뛰쳐나갈 자세를
취했다. 방문도 열린 채였다.

"이 사람아, 누가 그런 소릴 하던가. 오긴 누가 왔다고. 정숙이는
편찮은 할머니 밥해 주러 갔다고 했잖은가."

어머니는 신을 품에 안은 채 뭔지 알 수는 없으면서도 가위 눌린 듯
온몸이 굳어 있었다. 다시 소리 없이 그 자리에 주저앉았다. 이 모든
상황이 도무지 이해가 되지 않았다.

"마을로 들어오는 걸 본 사람이 있어요. 숨겼다가 들키면 곤란합
니다, 아주머니."

"아니, 정숙이가 동생들을 두고 혼자 왔을 리 없잖은가. 우리 아
이들이 북적이면 지금 이렇게 조용할 리도 없고. 정 의심스러우
면 자네가 직접 찾아보든가."

어머니는 외할머니의 목소리가 너무 높아 깜짝 놀랐다. 그런 사나운 목소리로 다른 사람에게 말하는 외할머니를 본 적이 없어 어떤 모습일지 상상이 가지 않았다. 또한 그건 외할아버지의 당부를 잊고 동생들을 둔 채 홀로 돌아온 어머니를 나무라고 있는 듯했다. 어머니는 여름밤인데도 추위로 오들오들 떨고 있었다. 발자국 소리가 방문 앞으로 다가왔을 때는 거의 숨이 멎는 듯했다.

"아주머니, 오늘은 그냥 돌아가는데요. 정숙이가 오면 반드시 인민위원회로 연락하셔야 합니다. 연락 안 하다가 무슨 큰일이 생겨도 제 탓 하지 마십시오."

발자국 소리가 멀어져도 외할머니는 방으로 들어오지 않았다. 한참이 지난 후에야 외할머니는 개다리소반에 밥을 차려서 들어왔다.

"엄마, 건너 마을 아재가 왜 나를 찾아 다녀?"

홀수 촌수는 언니 오빠가 있을 수 없는데 오촌 오빠라고 하면 남자 친구를 가리켰듯이, 촌수를 따지지 못할 만큼 먼 친척 남자일 때 마을에서는 흔히 아재라 불렀다. 때로는 친척이 아니면서 친하게 지낼 때도 아재라는 호칭이 등장하기도 했다.

"그놈이 완장을 하나 찼는데, 저렇게 앞장서서 인민군에게 뭐든 일러바쳐."

"아재가 방문 앞에 왔을 때 얼마나 무서웠는지 몰라."

"네가 온 줄 알고 그놈이 들이닥쳤을 게다. 그러면서도 아버지 신세진 걸 잊어버리진 않았나 보네, 그놈이."

6.25, 동족으로부터의 피란

어머니는 건너 마을 아재가 무슨 일을 하고 다니는지 자세하게 말해 주지는 않았다. 묻지도 못했다. 어머니가 그렇게 무거운 외할머니 표정을 본 적이 없었기 때문이다. 오사카에서 공습과 지진이 이어지고, 피난을 가야 했을 때도 외할머니는 외할아버지의 결정을 따랐을 뿐이다.

"정숙아, 아버지 피란 가셨다. 내가 밥 짓는 걸 보고 그놈은 틀림없이 네가 집 안에 있다고 생각했을 게다."

외할머니의 그 말에 어머니는 와들와들 떨렸다. 이제 외할머니는 외할아버지 대신 판단을 내려야 했다.

외할아버지가 조선으로 돈을 부쳤을 때 가까운 친척도 아니면서 혜택을 본 집이 건너 마을 아재네였다고 외할머니가 말해 주었다. 외할아버지가 아니었으면 그 집 식구들은 굶어 죽었을지도 모른다며 외할머니가 낮은 목소리로 덧붙였다.

아재네 딸을 증조할머니가 몹시 귀애해서 아재네 딸은 자주 증조할머니를 보러 왔다. 그 모습을 보면서 당연히 친척인 줄 알았다. 당연히 친척인 줄 알았기에 언니, 언니 하며 무척 아재네 딸을 따랐다. 아재네 딸은 어려서부터 똑똑하다는 소문이 자자했다고 했다. 어머니는 아재를 따라 딸이 오는 게 아니고, 딸을 따라 아재가 움직이는 것처럼 보여서 좀은 이상했다고 했다.

"그놈이 봐 주는 건 한 번뿐일 거다. 이 밤으로 네가 돌아갔으면 한다만 오늘 밤에야 무슨 일이 있겠느냐."

"엄마, 밥이 왜 한 그릇밖에 없어."

외할머니는 입술에 손가락을 댔다. 밥은 외할머니가 먹는 것이니 말소리 내지 말고 밥만 먹고 있으랬다. 저녁 어스름에 집에 도착했기 때문에 밥을 먹을 때는 이미 어둠이 내려 가까이 앉은 외할머니가 겨우 분간이 되었다.

"너를 찾는 사람이 그놈뿐이겠느냐. 그놈이 다녀갔으니 의심은 가도 시간은 좀 벌어놓은 셈이다. 조심해야 한다. 네가 어떤 딸인데."

아재 말고 다른 사람이 또 있다고? 외할머니에게 이런 다부진 면이 있다는 걸 처음 알았다. 그러고 보니 그토록 사납게 아재를 다그친 것은 바깥에서 귀를 기울이고 있을지 모를 다른 사람도 들으라는 의미였구나 싶었다. 외할머니는 아무 대답도 하지 말고 듣기만 하라면서 가만가만 설명했다. 외할머니의 단호한 목소리가 괴기스러웠다. 어머니에게 다시 전쟁의 공포가 마구 엄습해 왔다. 외할아버지는 사촌들과 함께 피란을 갔다고. 혹시 어머니가 돌아올지 몰라 외할머니만 홀로 집을 지키고 있노라고. 몇몇 동네 사람들이 앞장서서 어느 집에 어떤 사람이 살고 있는지 인민군에게 고자질한다고 했다.

"어린 네가 여성동맹인가 뭔가에 들어가야 한다면서 뻔질나게 그놈이 우리 집을 드나들고 있다. 다른 놈에게 맡기지 않고 그놈이 우리 집을 맡은 걸로 보아 네가 꼭꼭 잘 숨어 있으면 이 위기

6.25, 동족으로부터의 피란

는 넘길 수 있을 것도 같다. 내일 새벽 일찍 할아버지댁으로 돌
아가거라. 앞으로는 오늘처럼 돌아오면 절대 안 된다, 아가.”

외할머니가 눈물을 훔쳤다. 외할머니가 아가라고 부르는 순간 어머
니도 눈물이 왈칵 쏟아졌다.

“정숙아, 빨갱이도 우리와 똑같이 생겼더라.”

거의 뜬눈으로 새벽을 맞았다. 증조할아버지댁으로 돌아가는 길에
외할머니 목소리가 귀에 쟁쟁 울렸다. 동생들을 두고 혼자 왔을 리
가 있느냐던. 어머니는 다시는 동생들을 두고 홀로 집으로 가서 형
편을 살피지 않았다. 빨갱이면 피할 자신이 있는데 남한 사람과 똑 같
은 모습이면 어찌 분간하고 피하겠는가. 게다가 남한 사람이 빨갱이 편
이면?

2년 같은 두 달이 지나갈 때쯤 외할아버지가 어머니를 데리러
왔다. 두 달 동안 밤마다 잠들기 전에 이런저런 생각을 할 시간이 있
는 게 괴로웠다. 이리저리 엉킨 실타래는 어디가 실마리인지 종잡
을 수 없었고, 가르쳐 주고 도와줄 사람도 없었다. 나라를 잃었을 때
는 물리쳐야 할, 분명한 적이 있었다. 광복을 위한 적개심을 드러내
면 다들 공감을 하기도 쉬웠다. 나라를 되찾아야 하니 힘을 합치자
고 하면 무슨 수로든 힘을 보태려고 안간힘을 썼다. 힘을 보태는 데
도 용기가 필요했지만 앞장 서는 것보다는 그래도 쉬운 편이었다.
외할아버지는 일본에서 조선으로 돈을 부칠 때 집안을 위해서인 것
처럼 다른 사람들을 속였다고 외할머니가 조심스럽게 말한 적이 있

다. 자주 드나들어서 억지로 친척처럼 된 건너 마을 아재네가 혜택을 보았다면 무사히 잘 속였던 것도 같다. 그런데 누구를 속여 누구에게 돈을 보냈단 말인가. 그렇게 나라를 찾은 지 5년이 되지 않아 전쟁이 일어났다.

그런데 이번에는 누가 적군인지 잘 몰랐다. 원래부터 한국 땅이었는데 왜 우리 땅에서 적군이 내려오는가 말이다. 옛날 조선시대의 의적 홍길동은 탐관오리를 혼내주고 백성들에게 탐관오리로부터 거둔 곡식을 나누어 주었다. 빨갱이는 그런 존재일까. 그렇다면 피란을 갈 일이 아니지 않는가. 모두가 피란을 가려고 애를 쓴다면, 어머니 역시 동생들을 데리고 집을 떠나 살아야 한다면, 빨갱이는 의심할 것도 없이 물리쳐야 할 적군이다. 그런데 그 적군이 마을로 들어와 어머니를 찾고 있단다. 일제강점기 때에는 외할아버지의 도움을 받았고, 인민군이 마을을 점령했을 때는 적군인 그들을 돕는 건너 마을 아재도 있었다. 어머니가 학교에 다니는 똑똑한 학생이라서, 중학생인 어머니까지 필요한 빨갱이들이 일으킨 전쟁.

반가운 외할아버지가 가지고 온 건너 마을 아재와 딸의 소식. 빨갱이에 의해서가 아니라 국군의 손에 죽었다는 소식이었다. 인근 마을에서 제일 똑똑하다고 소문난 아재네 딸. 그 딸이 어른이 되면 그 집을 크게 일으킬 것이라고 마을 사람들은 다투어 아재네 딸을 칭찬했다. 외할아버지는 그런 아재네 딸보다 어머니가 더 똑똑한 걸 사람들이 몰라준다고 넋두리를 하곤 했다. 어머니가 열 살 때

6.25, 동족으로부터의 피란

까지 일본에 사는 동안 아재네 딸은 온갖 명예를 차지했고, 그 명예의 봉우리를 아무에게도 빼앗기고 싶어 하지 않았다. 누구든 그 집을 일으키는 건, 마을을 일으키는 건 기대할 일이지, 저주할 일은 아니었다. 어머니에게 아재네 딸은 우상이었다.

국군에게 건너 마을 아재와 그 딸이 총살당했다는 소식은 증조할머니를 충격에 휩싸이게 했다. 증조할머니가 친손녀처럼 귀애한 아재네 딸이 국군의 총에 맞아 죽다니. 그 똑똑하다는 처녀가 나라에 무슨 손해를 끼쳐 국군들이 총으로 쏘아 죽였는가 말이다. 이제껏 인민군은 적군이고, 국군은 우리 편으로 알았건만, 인민군은 아재네 딸이 똑똑하다고 감투를 주었고, 국군은 그런 감투를 썼다고 총살을 시켰다. 건너 마을 아재는 생각보다 더 빠르게 자기네 집이 일어날 기회라고 생각했는지 딸이 싫다는 걸 강제로 여성동맹위원장으로 만들었다는 거다. 좋아서 맡은 게 아니고 강제로 맡았노라고, 우리 편인 국군에게 얘기할 시간도 없었고, 우리 편인 국군은 알려 하지도 않았다는 마을사람들의 웅성거림을 외할아버지가 전해 주었다. 증조할머니는 마당에 주저앉아 통곡을 했다.

"무슨 놈의 나라가 이 모양이야. 우리 아들 살려내라, 우리 손녀 살려내라, 이놈들아."

증조할머니는 건너 마을 아재네 딸의 총살 소식을 마치 친손녀가 총살당한 것처럼 애통해 했다. 증조할머니가 '우리 손녀' 살려내라고 통곡할 때 친척인 것처럼 굴던 아재가 떠올랐다. 증조할머니가 울어대자 어머니와 동생들도 큰소리로 따라 울었다. 광복을 맞이했다는 소식에 한달음에 어머니네로 달려왔을 때도 증조할머니는 지금처럼 크게 통곡을 했었다. "이제는 돌아오겠구나. 용길아, 어서 오너라. 용길아." 하며 울부짖을 때 외할머니에게 용길이가 누구냐고 어머니가 물었다. '징용에 끌려간 숙부', 종조부라 했다. 증조할머니는 종조부가 징용으로 끌려가자 그때부터 세상이 싫다고 이곳으로 들어와 살고 있었다. 얼굴 한번 마주친 적이 없는 어머니의 숙부는 그때까지도 돌아오지 않았다.

증조할머니는 종조부가 돌아오지 않는 것이 모두 당신 탓이라 자책했다. 아들이 징용으로 끌려가는데, 어미라는 사람이 센닌바리도 만들어주지 못했다는 것이다. 센닌바리는 청일전쟁부터 만들어지기 시작해서 러일전쟁을 거쳐, 태평양전쟁 때는 대대적으로 유행했다. 전쟁을 일으킨 일본 정부가 센닌바리를 암암리에 조장하는 것은 한 종족의 가문에서 차출되는 일이 아니라 사회 전체가 전쟁에 참여하는 마음을 모으는 기능을 최대화하는 것이라 했다. 전쟁에 나가지 않는 사람들 특히 일가친척이 아닌 모르는 사회인 천명을 만나 무운장구를 빌게 한다는 것이기 때문이다. 가족애를 전쟁에 이용하는 일본군국주의의 한 면모다. 센닌바리가 어떻게 처음 시작되었고 사회에 유행했든 증조할머니에게는 아들이 무사히 돌아오는 것만이 중요했을 것이다.

외할아버지는 이때 이후 어머니를 학교에 보내지 않았다.

외할아버지는 건너 마을 아재네 딸이 죽은 것은 학교에 다녔기 때문이라고 믿고 있었다. 그 처녀가 죽을 수밖에 없었던 것은 똑똑하다고 소문이 났기 때문이라고 확신했다. 외할아버지는 그때부터는 어머니가 똑똑하다고 자랑하지 않았다. 세상으로부터 딸을 지키는 방법은 세상으로부터 딸을 숨기는 것이었다. 전쟁 통에 어수선할망정 다시 개교한 학교에 어머니는 두 번 다시 다닐 수 없었다. 배우는 것보다 목숨이 먼저였다. 그것이 똑똑하던 어머니의 오늘날까지 학력의 결정이었다.

외할아버지는 눈에 띄게 나이가 들어갔다. 제사를 지낼 때 외에는 별로 하지 않던 약주를 하기 시작했다. 외할아버지는 약주의 정도가 시나브로 세어지더니 손주를 볼 때쯤엔 술을 마셔야 하루를 끝낼 수 있게까지 되었다. 외숙들은 모두 대학 공부를 했다. 전쟁이 끝난 뒤에 중학교로 진학하게 되었기 때문이다. 술을 마시고 있을 때 어머니가 보이면 외할아버지가 울었다.

이 애비가 죄가 많다. 너에게 전쟁을 두 번이나 겪게 했구나.

사다요시로 살아야 했을 때도 피난을 가게 하더니 조국에 돌아왔는데도 너를 다시 피난길로 내몰게 되었구나. 이 일을 어쩌면 좋단 말이냐.

나라가 나를 이렇게 힘들게 한다. 나만 힘들게 하지 나라가 왜 너까지 힘들게 만드는 건지.

어머니는 아주 나중에야 어렴풋이 짐작한 듯하다. 외할아버지의 뇌

우침이 어디에서 비롯되었는지. 외할아버지는 중매로 결혼한 못생긴 외할머니가 싫어서 혼인 첫날밤도 치르지 않고 바로 일본으로 도망갔던 사람이다. 두어 해가 지난 후 일본에서 외할머니를 불러 십여 년 살다가 조선으로 돌아왔다. 외할아버지는 가족을 두고 일본으로 도망가는 바람에 삶이 꼬여버렸다고 생각했을까. 어머니가 시대의 질곡에 빠지게 한 책임이 고스란히 외할아버지에게 있다고 생각했나 보다. 한때는 외할아버지의 자랑이었던 어머니를 학교에도 보내지 않고 숨겨두게 될 줄이야.

외할아버지는 외모는 떨어지지만 더할 수 없이 훌륭한 외할머니의 인품을 젊은 날에는 미처 몰라보았다. 외할머니는 종가의 훌륭한 종부여서 집안의 모든 사람들로부터 존경을 받았다. 일본어를 할 줄 몰라 죽은 듯이 지내던 외할머니의 진면목이 6.25 전쟁을 겪으면서부터 드러난 것이다. 젊은 날 외모만 보고 저지른 외할아버지의 일본행이 이런 일을 불러일으키게 될 줄 몰랐다. 외할아버지는 간경화 때문에 저세상으로 떠났다. 사람들은 외할아버지가 술이 지나쳐서 그리 되었다고도 하고, 화병으로 그리 되었다고도 했다.

외할아버지는 어머니에게 학교를 중단하게 한 뒤에 어머니를 일찍 시집보내려고 애를 썼다. 훌륭한 신랑을 만나 살게 하면 어머니의 인생이 다시 빛나지 않을까.

외모도 출중하고 매우 현명해 보인 아버지였다. 그러나 몹시 날카로워 보이기도 했다.

아버지는 어머니에게 한 가지만 지켜달라고 당부했다.

남편에게 말을 놓지 말 것.

자전거를 타고 다녔던 남편은 멋있었다.

어머니에게만 멋있는 남편이 아니었다. 멋진 아들이고, 손자이고, 오빠고, 동생이고, 숙부고, ……, 그리고 이웃이었다. 어머니는 훗날 어머니에게나 자식에게만 멋있는 사람이 아니고 모두에게 멋있는 사람과 사는 값을 톡톡히 치러야 했다.

외할아버지의 자랑이었던 어머니는 신혼의 재미에 젖을 새가 없었다. 동서며 시조모며 사촌 시동생이며, 일꾼들이며……. 마을 사람들이 다 모인 것 같은 엄청난 대가족의 갓 시집온 새댁은 힘들었다. 밥상을 10개도 넘게 차려야 했기 때문에, 상을 모두 들여놓으면 먼저 들어간 상을 물리기 시작하여 숭늉을 들여놓아야 했다. 부엌 바닥에 빗자루를 깔고 앉아 막 밥을 먹으려 하면 처음 들어간 상이 나오기 시작해서 밥도 먹지 못한 채 상을 치우곤 했다. 밥 한 끼 못 먹는 집이 허다한 그 시절에 매일 밥을 배불리 먹을 수 있는 여유 있는 집이라 두 상 정도는 항상 객식구 몫이었다. 밥 먹는 입을 줄이려고 여아들을 남의집살이로 보내는 집이 얼마나 많았던가.

아침밥이 끝나면 일꾼들 새참을 준비했다. 밥그릇 안보다 그릇 밖으로 솟은 양이 더 많다는 일꾼들 밥이다. 모내기를 한다든지 추수를 한다든지 하는 큰일이 있을 때면 일꾼들에겐 피치 못할 사정이 생겨 자신들의 집에 꼭 다녀와야 되곤 했다. 어머니는 일꾼들이 집을 비우면 칼국수를 끓이기 위해 반죽한 밀가루를 덜 밀어도 되는 일이었지만 그게 그리 간단한 일이 아니었다. 농사와 관련된 큰일을 벌이는데 일할 사람이 없다는 건 낭패였다. 그럴 때면 아버지는 어머니에게 심부름을 시켰다. 할머니에게서 뒤주간 열쇠를 받아오라고. 뒤주간 열쇠가 필요한 사람이 아버지라고 하면 할머니는 두 말 없이 열쇠를 내주었다. 아버지는 뒤주간에서 곡식을 끄집어냈다. 일꾼들을 달랠 때 유용하게 사용될 곡식이다.

아버지가 자전거에 곡식을 싣고 길을 나서면 이내 일꾼이 돌아와서 모든 일이 순조롭게 돌아갔다. 아버지 자전거에 실렸던 곡식은 일꾼들 집에 내려졌고, 그 보답으로 일꾼들은 가족들에게 다음을 기약하고 논밭으로 돌아오게 되는 것이다. 할아버지가 일꾼을 향해 큰일을 앞두고 집으로 돌아가는 바람에 낭패를 당할 뻔한 일을 두고 호통을 치려하면 아버지가 혼잣말처럼, 그렇지만 주변에 있는 모든 사람들이 들리도록 말했다.

"중간에서 차 서방을 만났을 때 자전거에 탔으면 좀 좋아. 암만 타라 해도 안 타고, 그 고집을 누가 당해."

아버지가 일꾼을 데리러 가기 전에 이미 돌아오고 있었다는 얘기였고, 일꾼이 자전거를 타지 않는 바람에 늦어졌다는 얘기였다. 할아버지는 이내 잠잠해졌다. 할아버지는 아버지가 곡식으로 일꾼들을 달랜 사실을 모른 척하고, 아버지는 일꾼들이 곡식 때문이 아니라 스스로 돌아오는 도중에 만났다고 웅변을 한 셈이었다. 일꾼은 머

6.25, 동족으로부터의 피란

리를 긁적이고. 그 시절 일꾼이 아버지 자전거에 손이라도 닿을 수 있었을까. 보이기는 하지만 닿으면 안 되는 세상은 그렇게 존재하고 있었다.

새참이 끝나고는 당연히 점심이다. 또 새참. 그리고 저녁. 밤참? 그것도 있었다. 그러나 다행스럽게도 밤참은 새댁이 차려 주는 것이 아니고 먹고픈 사람이 찾아 먹었다. 어머니의 시가가 겨울 내내 마을회관 역할을 하던 곳이어서 청년들, 장년들, 여인들이 모이는 방마다 주인 가족이 동석해 있음을 믿고 출출할 때마다 거리낌 없이 동치미며 움에 들어있는 무며 고구마를 꺼내어 먹었다. 땅에 묻힌 김치 항아리가 12개가 넘었는데, 항아리 속 김치는 이른 봄 농사가 다시 시작될 때까지 모인 사람들의 밤참거리가 되곤 했다.

어린 시절 할아버지댁에 갔을 때도 사랑에는 큰아버지 친구들이, 윗방에는 큰어머니 친구들이, 막내 삼촌 방에는 마을 청년들이 그득한 겨울밤이 이어졌었다. 그 시절 할아버지댁의 김치는 어쩌면 그리도 맛이 있던지. 기가 막히게 맛있는 그런 김치를 지금은 결코 먹어볼 수가 없다.

그리고 무엇보다

어머니는 사다요시가 아니어도, 외할아버지가 숨기고 있었어도, 빛나고 또 빛나고 있었다.

내
님을
그리자
와

"세 시쯤 도착할 것 같아요, 엄마."

실수했다. 어머니에게 도착 예정 시각을 말하는 게 아닌데. 어머니는 그 시간 언저리에서 줄곧 불편한 자세로 베란다 창밖으로 딸의 빨간 승용차가 아파트 마당으로 들어오는 걸 내려다보고 있을 것이다. 딸을 위한 좋은 주차 공간이 있으면 14층을 날아내려 찜이라도 해놓고 싶을 것이다.

의도적으로 베란다를 올려다보지 않을 때가 종종 있었다. 어머니가 베란다를 내려다보는 걸 그만 했으면 싶어서다. 사람 마음이 묘해서 막상 어머니가 베란다에서 내려다보지 않았을 땐 속이 텅 빈 것처럼 허전했다.

엘리베이터 문이 열리자 그 앞에서 어머니가 기다리고 있었다.

내 님을 그리자와

"빨간 차가 들어오기에 넌 줄 알았다."

현관문을 열면서 어머니가 말했다.

"네 차가 들어오기 조금 전에 다른 차가 좋은 자리에 주차를 하
는 거야. 얼마나 아깝던지. 아버지가 계셨으면 거기서 기다리
셨을 텐데."

자식들이 간다고 하면 아버지는 새벽부터 좋은 주차 공간이 보일
때마다 주차장으로 나가려 해서 어머니가 말리곤 했다는 무용담을
어머니에게 갈 때마다 들었던 터다.

"우리 아버지, 좋은 곳에서 잘 계실 거예요."

아깝다.

그럴 줄 몰랐다.

그렇게 서두를 게 뭐람.

아버지는 어머니의 그런 말들로 어머니 곁을 지킨다.

단정하고 냉정해 보이는 아버지의 어디에 그런 자애로움이 들
어 있을까 하고 고개를 갸우뚱거리는 사람들이 많다. 친척들이 모
이면 아버지가 화제의 중심이 되기 일쑤고, 아버지의 넘치는 자애
로움이 예민함과 조화를 이루고 있다는 말들을 했다. 아버지와 어
울리는 낱말을 고르라면 온갖 낱말들이 줄을 설 테지만 결론은 언
제나 한 가지로 통했다.

그런 사람 또 없다.

어머니에게 아버지가 어찌 그렇게 변함없이 으뜸이었을까. 의문이

풀린 것은 북천 지역에서 식당을 하는 어머니 친구를 통해서였다.

아버지가 운전하는 차에 동승할 일이 있었다. 어머니가 북천 아주머니 식당에서 밥을 먹자고 해서 식당의 넓은 주차장에 차를 세웠다. 뭐 아주머니에게 선견지명이 있어서가 아니라는데 운동장 같은 주차장이 있어 회식을 해야 하는 단체가 선호하는 곳이 되었다.

처음 식당을 차릴 때의 사연을 들으면 아주머니에게 복이 쏟아져 내린 것 같다. 넉넉하지 않은 자본으로 식당을 차리려는데 번화가에 자리한 식당은 가게 세를 지불할 형편이 아니어서 외곽지에 버려지다시피 한 땅을 샀다. 그저 줍듯이 땅을 샀기 때문에 식당 건물까지 지을 수 있었는데, 그러고 얼마 지나지 않아 사람들이 너도나도 자동차를 사게 되었고, 아주머니 식당에서는 돈을 갈고리로 끌어 모은다는 소문이 났다. 훗날 얘기지만 주체 못할 만큼 많은 돈이 자식들의 욕심을 부채질하여 형제난이 도시를 떠들썩하게 만들더니 끝내는 아주머니가 식당까지 내놓고 영세민 임대 주택에 살게 되었다.

밥을 다 먹고도 어머니는 북천 아주머니와 회포를 푼다고 시간 가는 줄 몰랐다. 어머니의 몇 안 되는 친구 중에서 가장 오래된 친구이기도 한 북천 아주머니여서 아버지가 아예 오래 기다릴 작정을 해 버렸다. 아버지가 차에서 기다리자며 먼저 식당을 나섰다. 차에서 기다리는 시간이 하염없이 길어졌다. 기다리던 아버지가 심부름을 시켰다.

내 님을 그리자와

"선미야, 이제는 출발해야 한다. 엄마 모시고 오너라."

어머니와 함께 식당 밖으로 나왔을 때 북천 아주머니가 배웅하려고 따라나섰다.

"아 참. 화장실 가는 걸 잊었네. 잠깐만 기다려 주세요, 화장실 좀
다녀올게요."

화장실로 가던 어머니가 뒤를 돌아보았다. 어머니로서는 그렇지 않은데, 아버지의 아내일 때는 무섬증을 타는 어머니가 외돌아서 있는 화장실에 홀로 가는 것이 내키지 않는 것이다. 아버지가 어머니를 호위하려고 나섰다.

"얼마나 보기 좋은지. 저 친구는 평생을 저렇게 사네. 금실도 하
늘이 내려야 좋은 거지."

북천 아주머니가 얼굴 가득 웃음을 지었다.

"아버지는 엄마 말씀이면 뭐든 들어주셔요."

"아버지만 그러시겠냐. 시집갈 때부터 엄마가 아버지를 그리도
좋아했다."

혼처가 결정되었을 때 외할머니는 사윗감이 맏이가 아닌 걸 반가워했다. 종부로 살아온 외할머니가 딸들은 덜 번거로운 집안으로 시집갔으면 했는데 마침 지차였다. 지차인 줄만 알고 시집갔는데 막상 어머니가 마주한 것은 아버지의 역할이 맏이 이상이라는 것이었다. 아버지가 지차였음에도 집안의 중요한 결정에는 아버지의 의견이 가장 큰 영향을 미쳤다. 사람들이 아버지를 볼 때마다 '남편 시집

살이'는 좀 했겠다고 어머니에게 말하는 바로 그 아버지의 모습이다.

새댁 시절, 어머니가 빨리 밥상을 차려 내놓아야 하는데 밥을 태워버리는 사고를 냈다. 할머니가 밥도 하나 못하는 며느리가 들어왔다고 길길이 뛰며 화를 냈다. 밥상 10개를 차려야 한 끼가 해결되는 수많은 식구들에게 다른 먹을거리로 시장기를 가시게 하면서 사태를 진정시킨 아버지가 몸 둘 바를 모르고 있는 어머니에게 아무에게도 보이지 않은 웃음을 지어 보였다. 매력적이고 신뢰가 간 그 웃음이 어머니를 지탱하게 한 삶의 버팀목이었다. 할머니도 아버지의 어머니이기 때문에, 고모도 아버지의 동생이기 때문에 무조건 품에 안아야 할 존재로 어머니 가슴에 꽉 들어찼다, 평생.

아버지의 옛 모습은 어머니를 통해 들었다. 아버지는 과거사가 꼭 필요한 그 때 비밀스런 증언이라도 하듯이 관련 얘기를 아끼곤 해서 어머니의 입이 아니면 자식들이 알기 어려웠다. 아버지는 학창시절 규율 부장을 하면서 이름을 날렸단다. 자식들이 그 말을 듣고 웃음을 지었던 건 충분히 공감이 가기 때문이다. 아버지는 어긋난 일을 두고 분노를 터뜨리고, 그 일을 바로 돌리려고 애쓰는 삶을 살았다. 아버지가 무엇인가를 하겠다고 하면 그건 곧 흔들림 없는 실천을 뜻했다. 그런 아버지가 오랜 시간 우유부단했던 일이 있었다.

"보는 사람들마다 그랬다. 참 잘 생겼다고."

어머니가 장수사진이 된, 벽에 걸린 아버지의 사진을 바라보았다.

내 님을 그리자와

훈장을 달고 있는 정년퇴직 때의 아버지 사진이니 60대의 모습이다. 준수한 외모, 자애롭고 예민하고 반듯한 성품. 아버지의 이런 모습이 어우러진 삶이 어머니에게 깊이 뿌리박혀 있다. 아버지의 정년퇴직 때까지 딸이고, 며느리고, 자식들의 어머니이기도 했지만, '사모님'으로 살아온 어머니. 그때만 해도 정년퇴임식을 거창하게 할 때였는데, 아버지는 종업식을 하기 위해 운동장 집회를 할 때 학교장 훈화 끝에 퇴직 인사를 했을 뿐이다. 아버지의 이 모습도 어머니에게는 두고두고 되풀이하는 자랑거리였다.

"좋은 교장 노릇하기 쉽더라."

전직 교장이 험할수록 좋은 교장 되기가 쉽다는 이론이다.

"사모님, 호두 자루 갖다 놓으러 왔습니다."

기능직들이 그 전에 하던 대로인지 호두 자루를 현관에 내려놓고 돌아가서 영문을 알 수 없던 어머니가 아버지에게 전화를 했다. 곧 기능직들이 되가지러 왔고, 호두는 모든 교직원들에게 나누어졌다. 급식소에서는 점심을 차려서 사택에 있는 사모님에게 가지고 오는 바람에 어머니는 또 아버지에게 알려야 했고, 두 번 다시 점심상을 차려서 사택으로 배달하는 일은 없게 되었다. 수도세를 아껴야 한다는 방침 하에 급식소에서 펌프를 사용하던 것을 펌프 물은 수질 검사 합격물이 아니라고 수돗물을 사용하게 하여 급식소 직원들이 함성을 지르게 만들었다. 이 또한 어머니의 제보 덕분이다.

"급식소 직원들이 펌프 물로 설거지를 하고 있던데요."

장학사가 학교에 장학 지도를 온다고 온 학교가 난리판이었다. 아이들이 쓸고 닦고를 지치도록 했다. 장학사가 돌아갈 때 6학년 교실에서 한 아이가 창문을 열고 "잘 가재이."라고 소리쳤다. 교사들의 얼굴이 하얗게 질렸다. 좋은 교사로, 좋은 학교로 새겨지고 싶은 장학사 앞이었다. 장학사가 돌아가고 난 뒤 아이가 교무실로 불려왔다. 아이에게 불호령이 내려진 건 뻔한 일일 터. 아버지가 아이를 교장실로 불렀다.

"이름이 뭐냐?"

"박명국입니다."

"존경하는 선생님들이 장학사에게 쩔쩔매는 것을 보는 게 힘들었겠구나."

"……."

"이름을 보니 앞으로 나라를 밝게 만들 큰 인물이 되겠는걸. 큰 인물이 될 사람이라 시시하게 창문 안에 숨지 않았구나. 창문을 열고 자신 있게 외친 네 소리를 듣고 선생님들이 깊이 생각하게 되셨을 거다."

그런 일이 있었다.

자동차 사이드 미러가 망가진 채로 아버지가 가족 모임에 참석했다. 모두들 놀라 비명을 질렀다. 무슨 일이냐고 아우성을 쳤다.

"오늘 큰일 날 뻔했다."

어머니가 그렇게 짧게 상황을 전달했다.

내 님을 그리자와

"왜요?"

아버지가 빙긋 웃으며 덧붙였다.

"자전거를 타고 내리막을 내려오던 아이와 부딪쳤다."

"예에?"

어머니도 아버지도 뜻 모를 얘기를 하고 있었다.

"애는 안 다쳤어요, 아버지?"

"타박상이야. 살갗이 좀 벗겨지기도 했고. 아이 할아버지가 사람
치일 뻔 했다고 아버지한테 마구 대들었어."

그런데도 아버지는 웃음이 나온다고? 그제야 아버지가 자초지종을
설명했다. 브레이크가 파열된 자전거를 타고 내리막길을 내려오는
아이를 아버지가 발견했다. 그대로 두면 자전거와 함께 수로에 내
리꽂혀 많이 다칠 것 같았다. 아버지가 차를 내리막이 끝나는 지점
에 세워두고 아이를 기다렸다. 아이는 거의 자전거에서 뛰어내리다
시피 하면서 가까스로 멈추긴 했는데 사이드 미러에 부딪쳤다. 아
이가 뛰어내릴 작정을 해서인지 자전거는 자동차에 부딪히며 바닥
에 쓰러졌다. 마구 대들던 아이의 할아버지가 아이의 말을 듣고 크
게 사과했다.

"교장 선생님, 우리 손자놈을 살려 주셔서 고맙습니다."

아이가 와앙 울음을 터뜨렸다. 브레이크가 파열되었을 때의 두려움
이 살아났던 모양이다. 아이는 그 앞에 수로가 있다는 걸 너무도 잘
알았다.

"사이드 미러가 큰일 했지."

아버지가 운동장 집회로 퇴임식을 한 그 해 스승의 날에 그 학교에 근무하던 사람들이 모두 아버지를 찾아왔다. 아버지가 얼마나 기뻐했는지 녹화 중계한 어머니의 재방송이 싫지 않았다.

아버지의 교직 생활은 어머니가 함께 하여 더욱 보람찼다. 아버지 학급의 환경정리는 어머니 재주가 한몫 했다. 아버지가 원지를 긁어야 할 때마다 어머니가 실력을 발휘했다. 이럴 때 어머니는 아버지에게 항상 켜둔 컴퓨터였다. 아버지가 쉽게 만날 수 없는 교장으로 존경받은 것도 어머니가 함께한 덕분이었을 거다.

"작가 딸아, 우리, 커피믹스 타 먹을까."

어머니와 가장 비슷한 것이 커피믹스를 좋아한다는 것일 게다. 어머니는 딸과 함께 커피믹스를 타 먹는 것을 거창한 장식을 한 커피숍에라도 다녀온 것처럼 즐거워했다. 작가 딸이 동의를 하자마자 어머니가 물을 끓이러 가볍게 몸을 움직여 주방으로 갔다. 어머니는 물을 조금만 부어서 마신다. 뭐든 양이 많지 않으니 그럴 수도 있지만, 물 외에는 거의 입에 대지 않으면서도 커피를 마시는 게 신기하다. 하긴 어머니가 커피를 마시기 시작한 것이 근래의 일이긴 하다. "커피가 몸에 좋다며." 하는 어머니다. 누군가 '몸에 좋다는 커피는 엄마가 마시는 커피가 아니라, 블랙커피를 말한다.'고 했다. '몸에 좋은 건 블랙커피'라고 강조하려는 선진이를 말린 건 맏언니다. 어머니는 믹스커피니 블랙커피니 개의치 않았다.

내 님을 그리자와

"아버지가 교장 시절에 직원들을 만날 때마다 커피를 마셔서 너무 자주 마신다고 걱정했거든. 퇴직하면 마시지 말지, 뭐. 아버지가 그러시대. 퇴직하고 나서 아버지와 병원에 가서 검사했는데 아무 이상이 없었어."

어머니가 커피를 마시기 시작한 것도 아버지 그리움증? 그러고 보면 어머니가 사다요시 얘기를 비롯해 같은 얘기를 지나치게 되풀이하는 것도 커피를 마시기 시작한 시기와 비슷했음을 깨달았다.

술을 마시는 사람이 술잔을 비울 때처럼 아주 맛있게 입맛을 다셔가며 어머니가 커피를 마셨다.

"선일이도 나처럼 물을 적게 붓더라."

어머니는 선일이가 물을 적게 부어 마시는 게 그리도 기특한 모양이다. 외할아버지는 외숙들을 제쳐놓고 어머니를 외할아버지의 자랑으로 여겼는데 어머니에게 선일이는 다섯이나 되는 딸자식을 모두 합쳐도 모자라도록 '우리 아들 선일이'다. 어머니가 딸들에게 소홀히 하고 선일이에게 빠졌다면 선일이를 시샘했을까.

아마도 어머니가 아버지와 살면서 가장 힘들었을 때가 아버지와 선일이가 갈등을 일으켰을 때일 것이다. 선일이는 아버지가 도대체 이해할 수도, 인정할 수도 없는 만화와 관련된 진로를 선택하려 했다. 어르고 달래 보았다. 아버지답지 않게 매를 대기도 했다. 선일이가 아버지 뜻에 따라 만화를 포기하는 듯 보였지만 겉으로만 그랬을 뿐이다. 아버지가 공포 분위기를 조성하거나 폭력을 사용해서 절대 군주가 된 것이 아니었다. 아버지가 언제나 옳았기 때문에 어머니와 자식들이 스스로 인정한 절대 군주였다.

선일이가 그 어떤 것에도 만화만큼 몰입하지 않는 것을 알았을 땐 세월이 너무 많이 흘러버렸다. 아버지가 교직에 있으면서 다른 길을 가는 사람을 거의 만나지 못했기에 선일이가 선택한 길이 불안해 보였을지도 모른다. 확신이 가지 않으니 선뜻 동의할 수 없었고, 아들이 원하는 그 길을 가게 해야 될 것도 같았고. 세월이 흐르고는 선일이의 모습은 모두 아버지 탓이라고 자책했다. 선일이는 아버지가 틀려서가 아니라 아버지 기대에 부응할 수 없어 괴로웠다고 말하곤 했다. 선일이가 유일하게 누나라고 부르는 선진이는 아주 가끔 선일이의 속내를 들을 수가 있었다. 그리고 아버지를 위해서도 선일이를 위해서도 할 수 있는 일이 없어 선진이가 안타까워했다. 그런 아버지와, 그런 선일이와, 그런 선진이를 바라보아야 했던 어머니의 안타까움이야 어찌 다 헤아릴 수 있을 것인가.

아버지는 자식들이 운전을 하게 되자 아버지가 갔던 모든 길을 자식들을 위해 지도로 그렸다. 자식을 위한 세상에 하나밖에 없는 운전 길잡이였다. '오른쪽 두 번째 출구입니다. 왼쪽 한 시 방향입니다.'라고 알려주는 내비게이션 안내보다 더 정확하고 정다운 길잡이였다. 자식들 중 누군가 그 길을 처음 운전해 갈 때면 아버지는 자식이 그곳에 도착할 때까지 그 길을 몇 번이고 상상 운전을 했다. 어느 지점에서는 무엇을 조심하고, 어느 지점을 통과할 때는 가

내 님을 그리자와

속기를 살짝만 밟아야 할 텐데 걱정하며. 자식은 그 길을 어쩌다 운전하는 승용차 운전자인데 아버지의 머릿그림 속에서 아버지는 그 길을 운행하는 버스기사가 되어 있다. '너희들이 차를 몰고 어디 간다 하면 다녀왔다는 소식이 들릴 때까지 아버지는 잠도 제대로 안 주무시고 끼니도 잊으신다.'고 전할 때 잠도 설치고 끼니도 거르는 아버지 곁에서 아버지와 자식 걱정에 마음을 졸였을 어머니.

"엄마, 과일과 채소 많이 드셔야 해요."

"어제 선진이가 사과 한 상자를 보냈더라. 며칠 전에는 네 맏언니가 귀한 포도를 보내더니만. 혼자 있으니 먹어도 줄지도 않고."

"엄마는 혈압도 당뇨도 문제가 없어서 얼마나 좋은지 몰라요. 아버지는 약주도 못하셨는데 왜 간이 안 좋으셨는지."

아버지는 간이 좋지 않았다.

간 말고도 심근경색으로 시술을 받은 적도 있었다.

심근경색은 아침에 발생했는데 시술을 받은 건 저녁때가 지난 9시경이었다. 심근경색이 일어난 시간을 의사는 믿지 못했다. 증상은 심근경색이었는데 어찌하여 그 오랜 시간을 견디고 병원으로 올 수 있었을까. 시술을 시작하기 직전에도 아버지는 가벼운 농담을 하는 여유를 보였다. 심근경색이 얼마나 위험한 병인지는 시술이 끝나고야 알 수 있었다. 시술에 들어가기 전 의사로 보이는 병원 근무자가 보호자를 불러 지나치게 빠른 말로 보호자 동의를 받던 상황이 그제야 이해가 되었다. 정신이 없었던 자식들도 무슨 말인지도 모르고 '예, 예'만 되풀이했었다. 시술이 끝나고 아버지는 바로 중환자실로 옮겨졌다.

"시술 도중 호흡이 멈춘 순간이 있었습니다. 그러나 걱정하지 않으셔도 됩니다. 시술은 잘 끝났습니다."

처음 의사 앞에 우르르 몰려갔을 때 '시술은 잘 끝났습니다'만 귀에 들려왔다. 아버지가 중환자실로 옮겨지는 걸 보고 그제야 '호흡이 멈춘 순간이 있었다'는 말의 의미가 확 다가왔다. 중환자실로 옮겨졌다는 말을 듣고 막내의 볼에 눈물이 주르르 흘러내렸다. 분위기를 돋우는 데 선수인 막내사위도 막내의 어깨를 토닥일 뿐이었다. 아버지가 중환자실에서의 며칠을 무사히 견뎌낼 수 있어야 한다. 온 가족이 혼비백산이었다. 그 무력감이라니. 모두가 아버지 곁을 지킨다고 중환자실 주변에 있었지만 할 수 있는 일은 아무것도 없었다. 자식들에게 가장 힘이 된 것은 어머니의 말이었다.

"걱정하지 마라. 아버지가 어떤 분이시냐. 틀림없이 아무렇지도 않게 일어나실 거다. 가서 밥이나 먹고 오너라."

어머니에게 그런 강단이 있었다니. 항상 여린 모습으로 아버지를 바라보던 어머니가 아니었다. 아버지가 결정한 일이면 번복하는 일 한 번 없이 따르던 그 어머니가 아니었다. 동생들을 데리고 피란을 다니던 어머니를 오랜 동안 자식들은 잊고 있었다.

하지만 퇴원한 아버지는 시나브로 쇠약해졌다.

쇠약해진 아버지가 또 입원을 해야 하는 일이 일어났다. 복강

내 님을 그리자와

경으로 담낭을 절제했다.

아버지가 다시 입원했을 때 선일이는 회사에 휴가를 내고 아버지를 보살폈다. 아버지는 선일이가 전문 간병인처럼 환자를 편하게 한다고 좋아했다. 얼마 지나지 않아 아버지가 퇴원할 수 있었던 것은 모두 선일이 덕분이라고 아버지가 고마워했다. 아버지도 선일이도 보기 좋았다. 덕분에 사방에서 걸려오는 퇴원 축하 전화를 받을 수 있었다.

아버지는 간염을 앓은 적이 있었다. 간이 약하다고 해도 약주를 하지 않고, 어머니가 음식도 신경을 쓰니 간에 무리는 가지 않으리라 믿었다. 아버지의 기력이 떨어지면 간부터 걱정이 되었다. 걱정이 걱정으로 끝나지 않았다. 아버지는 간암 진단을 받았다. 아버지는 너무도 담담하게 그 사실을 받아들였다.

"노인들은 젊은이보다 병 진행 속도가 느립니다. 지금 매우 쇠약해져 계시지만 간암 때문만은 아닙니다."

외래 진료를 받을 때 들려준 의사의 말을 믿어야 했지만 아버지는 하루가 다르게 기력이 쇠잔해졌다. 이틀 전의 아버지와 너무나 달라서, 1주일 전의 아버지와 비교할 수조차 없어서 입원 결정을 내렸다. 선일이는 또 휴직을 했다. 옛적 만화영화를 같이 보았던 사장 덕을 톡톡히 보고 있는 셈이다. 선일이네 회사 사장이 병문안을 왔을 때 시종일관 의연했던 아버지가 눈물을 보였다고 했다.

뒷날 선일이가 어머니를 찾을 때 사장이 동행한 적이 있었다.

"쇠고깃국이 먹고 싶어 왔습니다."

어린 시절부터 드나들던 사장이라 어머니가 해 준 밥이며, 반찬이 가끔 그리워진다고 했다. 밥상에 차려진 무말랭이를 보면서는 숫제 감격을 했다.

"와, 이 무말랭이의 역사는 제가 알기로도 40년이 넘네요."

예사 친구는 아니었다. 학창 시절에는 선일이의 쌍둥이 형제처럼 집에 자주 드나들었었다.

또 찾아뵙겠다며 병실을 나선 사장은 화장실에서 몹시 흐느꼈다고 했다. 사장은 그날 생전의 아버지를 마지막으로 보았다.

딸들이 병원을 찾았을 때 아버지는 호스피스 병동에 있었다.

"입원실이 없어서 병원에서 우선 여기 있으라고 하는데, 우리야 좋지, 조용해서."

어머니의 목소리가 들떠 있었다.

"걱정하지 마라. 아버지 괜찮으시단다. 곧 퇴원하실 거다."

어머니의 말을 듣고 아버지가 잔잔한 미소를 지었다.

"죽어야 여기서 나가지."

어머니의 말과 아버지의 웃음의 의미를 해석해야 했다. 어머니가 병실을 지키겠다면서 밥이나 먹고 오라고 했다. 아버지가 입원한 공간에서도 어머니 걱정은 자식들의 밥이다. 그만큼 어머니는 아버지의 회복에 대해 한 치 의심도 없었다. 밥이 급해서가 아니라 아버지의 상태를 알기 위해서 선일이를 데리고 나갔다.

"아버지를 모시고 병원에 온 날, 의사와 눈이 마주쳤어요. 의사가 아무 말도 않고 보기만 하는데 나는 다 알아들었어요. 아버지가 이렇게 될 것 같아 휴직한 게 아닌데……. 아버지도 아버지의 상태가 심각한 단계라는 걸 알고 계시는 것 같아요. 그런데 엄마는 전혀 모르고 계세요. 아까 본 그대로 엄마는 아버지가 곧 퇴원하시는 줄 아세요. 어디 아프면 치료를 할 것 아니냐고 태평이세요. 마지막이 될지 모르니 손주들이 빠른 시일 내에 다녀가게 해야 돼요."

"올케는 몸이 약하니 무리하게 병원에 있게 하지 말고 마음이 편할 만큼만 머무르게 해라. 엄마가 외며느리 걱정하실라."

맏언니가 선일이에게 당부했다.

"선진이 너는 엄마 모시고 식당으로 가라. 엄마가 때마다 끼니 거르지 않고 잘 잡수시게 해야 해."

맏언니는 동생들 모두를 보고 말했다.

"선일이 말처럼 아이들 모두 다녀가게 하고, 너희들도 자주 병원에 와 보는 게 좋을 것 같다. 다니러 올 때마다 엄마 살피는 것도 잊지 말고."

맏언니의 단호한 말투에 비례해서 긴장이 되었다. 맏언니는 동생들의 말을 수렴하는 의사결정형이었다. 가슴이 저려왔다. 상상하기조차 싫었던 일이 닥치고 있다. 불안하고 초조했다. 한없이 두려웠다.

아버지가 새해 들어서 자식들에게 문자를 보냈다.

'내 유언이 침대 머리맡 수첩에 적혀 있다. 언제나 지금까지처럼
만 지내다오.'

자식들은 모두 넋을 잃을 정도였다. 그때 선진이가 침착하게 남매
단독으로 말했다.

아버지가 당장 어떻게 되신다는 것이 아니고 그럴 수도 있으니
마음 준비를 하라는 뜻일 거야. 그래야, 아버지답게 일을 처리하
시는 거지.

그리고

가을에 접어들었다.

어느 날이 될지 알 수 없지만 어머니의 기대는 그대로 응원하면서
서서히 아버지의 그날을 준비해야 했다. 절대로 일어나서는 안 되
는 일이었지만 각오하지 않을 수 없는 그날을.

그러나 준비할 것이 아무것도 없었다. 고작 한다는 것이 병원
에 자주 드나드는 일이었다. 아이들이 아버지를 찾았다. 여러 손주
들이 약속이나 한 듯이 줄줄이 찾아온다고 어머니가 퍽 즐거워했
다. 미리 일러둔 터라 아이들도 아버지를 볼 때는 엄숙하게, 어머니
를 볼 때는 유쾌한 태도를 취했다. 자식들끼리 있을 땐 무거운 주제
로 대화를 나누다가도 어머니가 합석하면 금방 밝은 화제로 바꾸고
서는 장난들을 쳤다.

"아버지가 편하게 주무시네. 곧 퇴원해도 될 것 같아."

어머니의 말에 모두 웃으며 울음을 삼켰다.

내 님을 그리자와

"엄마, 올 새해에 아버지가 우리들에게 문자를 보내셨어요. 유언을 써 두셨다고."

맏언니가 느닷없이 어머니에게 선언하듯이 말했다. 맏언니의 의도를 모르는 바는 아니었지만 그렇다고 아무렇지도 않은 듯 행동하지는 못했다. 동생들이 놀란 입을 다물지 못하고 있을 때 어머니가 여유롭게 말했다.

"영감님도 참. 애들 놀라게 별 말씀을 다 하셨네. 걱정하지 마라, 애들아. 저렇게 편안하게 주무시고 계시지 않니. 너희들도 힘들게 자꾸 드나들지 말고."

자식들이 가만히 있자 어머니가 말을 덧붙였다.

"오늘 점심 전에 서영대 선생님이 다녀가셨거든. 그때도 아버지가 주무시고 계셨어. 깨워드리려 하니 그만 두라고 하시더라고. '친구가 저렇게 편안하게 잘 자고 있는데, 다음에 다시 오겠습니다, 사모님.' 그러면서 병실을 나가셨거든."

자식들이 마음의 정리를 제대로 하지도 못한 채로 아버지는 새로 입원한 지 9일 만에 그렇게 잠자듯 운명했다.

침대 머리맡의 수첩을 펼쳤다.

유언은 '내 노년의 삶을 가장 멋있고 보람되게 해 준 아내'로부터 시작되고 있었다. 아버지의 문학적 감성은 모두 작가 딸이 물려받았다고 훗날 딸들을 떠들썩하게 한 문구였다. 가장 씩씩한 선진이는 이 문구를 말할 때마다 눈물이 글썽거리곤 했다. 멋진 아버지라는 말을 버릇처럼 덧붙이면서.

　아버지의 노년의 삶. 정년퇴직을 한 후는 온전히 어머니와 하루하루를 보냈다는 뜻이리라. 어머니와 함께 한 세월이 거의 60년이다. 선일이에게는 미안하다는 말을 남겼다. 겨울의 중간에 서서 삶을 정리할 때의 마음이 봄이 오고 여름이 가고 가을이 될 때까지 바뀔 것도, 덧붙일 것도 없었다. 유언을 작성하고도 입원과 퇴원을 되풀이했기에 얼마든지 다시 작성할 수 있었지만 그렇게 하지 않았다. 앞면엔 유언이 기록되어 있었고, 바로 뒷면부터 연락처가 시작되었던 것이다. 참으로 아버지다웠다.

　　만약 나에게 무슨 일이 생기면 붉은 줄을 그어놓은 사람에게만
　　연락을 하도록 해라.

수첩에는 일을 당하면 연락할 지인들의 전화번호를 적어 놓았다. 친족, 처족, 친구, 노인정…… 이런 항목 밑에 이름이 죽 적혀 있었다. 이름과 전화번호가 적혀 있지만 붉은 줄을 친 사람에게만 연락하라고 당부해 두었다. 줄쳐진 사람들의 면면을 보며 아버지의 뜻을 짐작했다. 아버지는 어머니에게 유서의 유언 외에는 아무런 말도 하지 않았다. 이렇게 일을 당하면 연락할 사람을 사정까지 살펴 선별해 놓은 아버지가 정작 어머니에게는 왜? 어머니는 아버지가 운명하던 그 날도 그 사실을 받아들이지 않았다. 편안하게 주무시고 깨어나실 거라고 믿었다. 아버지는 아무런 말을 하지 않은 게 아니고 하지 못했다.

　　　　　　　　　　　　　　　　　　내 님을 그리자와

하고 싶은 일은 다하고 간다.

아버지의 유언은 그렇게 끝나 있었다.

굳이 유언하지 않았지만, 유언할 수 없었지만 아버지의 걱정과 당부를 읽을 수 있었다. 아버지가 너무도 간절하게 하고 싶지만 아버지의 힘으로 아무것도 할 수 없는 일이 무엇인지를 아버지는 뼈저리게 알고 있었다. 아버지의 자식들은 틀림없이 그걸 알 것이라 아버지는 믿었을 것이다.

자식들아, 너희 어머니를 부탁한다.

어머니가 아버지의 운명에도 별다른 충격을 받지 않는 것이 오히려 걱정이었다.

아버지는 분골되어 생전에 온 집안을 움직여 스스로 조성한 묘원에 묻혔다. 그 묘원은 납골당이 아니었다. 묘석만 세우기로 했다. 아버지가 생전에 그린 묘원 설계도에는 집안의 누가 어느 자리에 묻혀야 하는지도 다 그려 놓았다. 죽음이 나이순은 아니기 때문에 미리 자리를 정해 놓아야 후손들이 혼란을 겪지 않을 것이라는 생각에서다.

주검을 화장하여 남은 뼈를 가루로 만들면 그냥 종이에 싸서 묻어라. 그러면 자연을 크게 해치지 않고 흙으로 돌아갈 것이다. 좀처럼 만나지도 못하는 친척들까지도 벌초라는 이름으로, 묘사라는 이름으로 만날 수 있을 것이다. 앞으로는 조상을 모시는 의식이 점점 약해질지도 모른다. 조상을 위해서가 아니라 서로 자주 만날 수 없는 후손들을 위한 공간이 될 수 있을 게다.

상주들은 울음을 아꼈다. 별 말도 없이 고요한 어머니 때문에 함부로 울음을 터뜨릴 수가 없었다. 누군가의 문상으로 참았던 울음이 터질 때도 종종 있었지만. 아버지 영면 자리에서 끊임없이 어머니를 의식해야 했다. 아버지는 그런 자식들의 뜻을 짐작하고 빙긋 웃음으로 자식들을 위무하리라. 어머니는 이 사태가 다 무슨 의미인지 아버지에게 달려가 묻고 싶은 건 아니었을까.

아버지가 이렇게 일찍 먼 길을 떠날 것 같았으면 아버지가 컴퓨터를 배우고자 할 때 말리지 않았을 것이라고 선진이가 눈물을 보였다. 아버지가 컴퓨터를 배우기 시작했으면 새로운 것에 호기심이 많고 '고갱이를 파는' 성격이라 건강을 몹시 해쳤을 것이라며 선진이를 위로했다. 그래도 위로가 될 수 없음을 모르지는 않았다.

아버지의 주장과 헌신으로 이루어진 묘원에 상주와 문상객들이 모였다. 검은 상복 차림인데 표정들은 그지없이 환했다.

우리 아버지 여기 계시네.

우리 어머니 묘석, 닦아드려야겠어.

할아버지, 저희들 이렇게 모였습니다.

모인 사람 모두, 서로의 항렬이나 촌수가 어떻게 되든 가장 그리웠던, 묘원의 고인에게 다가가 말을 걸고들 있었다. 단지 누구누구라고 표시된 묘석들만 나란히 세워져 있을 뿐인데 그런 모습을 보면서 한없이 마음이 푸근하고 따뜻해졌다. 묘했다. 초상집 분위기? 아

내 님을 그리자와

니었다.

아버지, 할아버지와 할머니를 만나신 거죠.

편찮으실 때 아들보다 동생을 먼저 찾던 큰아버지하고 벌써부터 정담을 나누고 계신 거죠.

그리고 아버지의 분골을 흙속에 묻은 뒤 참석한 모두가 묘원을 한 바퀴 돌고 나서 아버지가 생전에 즐기던 매운탕을 먹으러 갔다. 참석한 사람들의 숫자도 많고, 아이도 노인도 섞여 있어서 닭볶음탕도 같이 주문했다. 먹으면서도 얼마나 떠들썩했던지. 아버지가 언제나 꿈꾸던 그런 집안의 모습이었다. 실컷 먹었음직한 시간이 지났을 때였다. 집안의 종손이 앉은 자리에서 일어섰다.

"제가 이 나이가 될 때까지 초상집에 얼마나 많이 가 보았겠습니까. 이런 분위기의 초상집은 처음입니다. 울고불고 하는 상주는 고인 생전에 잘못한 게 많았을 것이라는 생각을 오늘 하루 종일, 그리고 지금 하게 됩니다. 생전에도 가장 멋졌던 우리 아저씨……."

잠시 말이 끊어졌다.

말이 너무 길어지는 건 아닌가. 그만 마쳤으면 좋겠다. 민망하기도 하거니와 무엇보다 어머니를 살피면서 조바심을 쳤다. 예서제서 자식들은 서로 눈길을 주고받았다. 상주들의 마음을 읽기라도 한 것일까.

"우리 모두에게 이런 따뜻한 시간을 갖게 해 주신 아저씨."

또 멈춘다.

　"고맙습니다."

그때도 어머니의 표정은 아버지 침대 곁을 지키던 평상시의 그 모습이었다.

윷놀이 말을 타고

이번에는 안동 맏언니네서 모이기로 했다.

"맏언니, 내가 어머니 모시고 갈게."

어머니에게 가니 이미 나들이 준비를 마치고 있었다. 어머니는 맏
언니네서 모이기로 했다는 말이 전해진 그날부터 준비하고 있었을
거다.

아무래도 그럴 것 같아 상주 아파트 마당에 도착했을 때 14층
을 올려다보았다. 올려다보지 않으리라 다짐하면서도 곧잘 잊고 올
려다보게 된다. 아버지가 떠난 뒤 한동안은 어머니가 베란다에서
내려다보는 마중도 배웅도 하지 않았다. 아버지 영결식에서 흘리지
못한 눈물이 그때마다 주체할 수 없이 흘러내렸었다.

"주차 잘했네, 우리 작가 딸. 선미야, 어서 올라와라."

윷놀이 말을 타고

어머니가 내려다보며 고래고래 고함을 쳤다. 어머니를 위해 일부러 빨간 승용차로 바꾸었다. 빨간 승용차가 거리에 그렇게 많은 편은 아니어서 빨간 승용차를 보면 어머니가 매우 반가워했다. 승용차 꽁무니에서 차종을 읽을 때가 아니면 빨간 차는 모두 작가 딸과 연결을 시키는 어머니였다. 그렇게 영어 알파벳으로 나타낸 상호나 상표 읽기를 어머니가 즐긴다. 그런 모습을 본 북천 아주머니는 친구가 영어도 잘한다고 부러워했다. 어머니가 '체브롤렛'이라 했을 때 'CHEVROLET'을 떠올리는 데 시간이 제법 걸렸다며 어머니를 향해 엄지를 까딱이던 선진이었다.

성공적으로 주차했다는 의미로 어머니에게 손을 마구 흔들어 주었다. "작가 딸이 오면 마시려고 준비해 놓았다."고 하여 어머니와 믹스커피 한 잔을 마시고 안동으로 출발했다. 차로 한 시간 남짓 되는 맏언니네로 갔더니 약속한 시간이 두 시간도 넘게 남았는데 선진이네만 빠졌다.

"내가 빨리 가자고 했잖냐."

어머니는 제일 먼저 도착하지 못한 것이 못내 서운하다. 어머니는 또 아버지 생각을 하고 있을 게다. 아버지라면 새벽부터 출발할 준비를 마쳤을 테니까. 자식네 나들이할 때마다 승용차에는 거의 이삿짐 수준의 짐이 실리곤 했다. 트렁크, 뒷자리로는 당연히 모자랐다. 어떤 건 어머니가 품에 안고 어떤 건 어머니의 발치에서 어머니의 발을 고정시켜 버렸다.

신는 데 두 시간, 내리는 데 한 시간.

어머니, 아버지가 자식네 집으로 움직일 때 짐이 산더미 같다고 자식들이 어머니, 아버지의 수고에 대한 고마움을 이렇게 한껏 부풀린다. 부풀린다고 다 표현이 될까마는 이런 작디작은 행위에 담긴 마음을 어머니, 아버지는 충분히 읽을 것이리라.

기력을 걱정하면서도 아버지가 움직일 수 있었을 때는 아버지는 기꺼이 어머니의 심부름을 했다. 자식들이 좋아하는 땅콩을 볶으러 참기름을 짜는 가게에 가는 일은 아버지에게 늘 있는 일이었다. 젊은 날 멋진 아버지가 되는 데 한 몫을 단단히 한 자전거를 타고. 이즈음이야 누구든 가까운 거리도 차를 이용할 때가 많지만 그럴 때 확인하는 것은 주차 문제다. 주차하기가 얼마나 쉬우냐가 그 장소 이용을 할 것인가 말 것인가 기준이 되곤 하는데, 자전거 주차는 언제나 가능해서 아버지는 '자전차'를 자주 이용했다.

자식에게 가지고 갈 품목은 하루 만에 완성되는 법이 없다. 며칠을 두고 들며 나며 적는 것이라 이삿짐 수준이 되어 버린다. 아버지가 품목을 적은 메모지를 보고 하나씩 표시를 해 가면서 아파트 현관에 쌓아 두었다가 차에 싣는데, 그게 아버지가 자동차를 떠올리며 어느 짐은 어디에 실을 것까지 계산한 것이라 현관에서 자동차로 들고 가는 것도 순서가 있었다.

도착해서 짐을 다 부리고 났을 때.

"참, 냉동실에 곶감 있는데."

윷놀이 말을 타고

어머니가 '참'이라는 부사를 사용할 땐 아버지가 벌써 어머니를 야단치려고 준비하고 있었다. 미리 말하라고 그렇게 일렀는데 어머니가 마음속으로 새기다가 잊어버린 경우이기 때문이다. 이삿짐 수준도 모자라 그런 것 때문에 어머니와 아버지가 다투었다. 부부싸움은 이런 식이었다. 평생 큰소리 나는 부부싸움이라곤 본 적이 없는 자식들은 이런 식으로 어머니, 아버지가 티격태격 하는구나 싶어 웃곤 했다.

어머니가 홀로가 되니 우선 기동력이 없었다. AI시대, 말만 하면 로봇이 움직이듯이 어머니가 움직일 일이 있으면 아버지의 승용차는 최우선 순위로 대기 상태가 되었었는데. 웬만한 거리를 어머니는 걸어서 다녔다. 어머니가 차를 타겠다고 마음먹는 거리의 시작은 3킬로미터가 넘는 거리부터였다. 왕복 6킬로미터는 어머니에게 잠깐 걸어가는 거리이다.

자식들이 온다는 얘기가 있을라치면 어머니는 자식들에게 줄 품목을 스스로 기록했다. 여전히 가슴에 새겨놓은 건 잊어버리기 일쑤다. 하지만 나무라야 할 아버지의 부재를 깨닫는 순간이 되어버린다. 그래서 서럽고, 그래서 절절하다.

집안 묘원에 묻히는 아버지를 두 눈으로 확인했건만 여러 해가 지났어도 어머니의 삶에서 아버지는 여전히 건재하다. 아버지의 유품이 아버지 생전에 있던 자리에 그대로 있다. 유품뿐이랴. 아버지와 함께라야 보낼 수 있던 시간을 어머니는 아무 것으로도 채우지 않고 고스란히 비워 두었다. 아버지의 건재와 더불어 평안했다가, 부재를 절감하고 애통해 하는 것을 반복하고 있다. 아버지의 부재 공간은 여섯 자식이 채우려 애써도 턱없이 부족하다. 심지어 어머니는 아버지와 함께 했던 공간에 아무도 들이지 않는다. 자식들도 다니러 가는 거지 함께 살러 갈 수가 없다. 어머니는 아버지가 부재한 공간에 어머니가 기억하고 싶었던 순간들로 가득 채워놓은 것 같다. 자식들이 같은 얘기를 수십, 수백 번 들어야 하는 이유를 그렇게 해석했더니, 따뜻한 인간미가 철철 넘쳐흐르는, 소백산 기슭에 사는 정 작가가 '어머니가 좋았던 기억만을 곱씹는 것이 얼마나 다행한 일이냐'고 위로해 주었다.

"엄마, 선진이네는 조금 더 있어야 올 거예요. 과일 들면서 기다리세요."

맏언니가 과일을 내놓았다.

"그냥 기다리고 있으려면 심심한데, 윷이나 한판 놉시다."

막내가 일어서자, 민 서방보다 더 살가운 막내사위가 얼른 막내를 따라가서 윷가락과 군용 담요를 가지고 왔다. 맏언니는 벽에 걸려 있던 달력을 내려서 엎어놓았다. 달력 뒷장에는 이미 윷판이 그려져 있었다. 어머니에게 표시나지 않게 어딘가 준비해 두었다가 갑자기 생각난 듯 가지고 오는 것은 이미 버릇이 되었다.

군용 담요는 윷놀이를 하기에 안성맞춤이다. 적어도 어머니에게는 그랬다. 단색의 깔개야 쉽게 구할 수 있었지만 군용 담요는 어

윷놀이 말을 타고

머니가 오랫동안 익숙해져 있는 색깔이고 재질이었다.

어머니에게는 군용 담요가 멋진 다리미판이었다. 어머니가 다림질하는 모습은 김홍도의 무동 벽걸이나 군선도 병풍을 보는 것처럼 대단한 감흥을 자아냈다. 숙련된 다림질꾼인 어머니 솜씨는 굳이 세탁소를 찾을 필요가 없게 만들었다. 다림질이 서툰 사람이 바지를 다릴 때 흔히 일으키는 일은 두 줄 세우기인데, 어머니가 다림질한 바지의 줄은 두 줄은커녕 옷이 구겨져도 선명하게 날이 서 있었다. 아버지 바지에 다림질로 생긴 선명한 줄은 어머니의 자존심이었다.

어머니는 전기다리미가 없을 때에도 아버지의 손수건은 물론이고 속옷까지 다림질했다. 아버지의 속옷을 다림질하는 어머니를 보던 친척들도 어머니가 별나다고 혀를 내둘렀다. 어머니는 놀이처럼 아버지 옷에 풀을 먹이고 다림질을 했다. 고무장갑도 세탁기도 없던 시절, 추위를 많이 타는 아버지는 겹겹이 옷을 입고 겨울과 맞서야 해서, 아버지가 옷을 갈아입으면 아버지 옷만으로도 빨랫줄이 그득했다. 겨울날 꽁꽁 얼어버린 빨래를 손질하는 어머니를 자주 보며 자식들이 자랐다.

어머니가 오랫동안 사용하던 담요가 아니어도 좋았다. '군용 담요' 자체가 어머니의 평안이 되었다. 집집마다 윷놀이를 하기 위한 도구로 군용 담요는 필수품이었다.

"아버지는 식후에 꼭 사과 한 쪽만 자셨지."

"과자는 턱없이 많이 자시고, 다른 음식은 기가 막히게 양이 적으셨어요."

"너희들이 사 가지고 오는 과자를 얼마나 잘 자시는지. 내가 말리지 않으면 한 봉지를 한꺼번에 다 잡수셨어."

약주를 하지 않는 아버지는 주전부리를 즐겼다. 아버지의 삶 중에서 주전부리가 차지하는 의미가 제법 컸었다. 자식들이 다른 지방을 방문한 기념으로 그 지방의 간식거리를 주로 사는 것도 아버지와 관계가 깊었다. 아버지의 주전부리 즐기기는 오랜 습관이긴 했지만 흡연을 할 때는 주전부리의 양이 그리 많지는 않았다. 아버지는 담배를 피우지 않는 사람에게도 해가 심하다는 방송을 접한 뒤로는 그날로 그만 피웠다. 굳이 '그만 피운다'고 하는 데는 이유가 있다. 아버지는 한동안 담배를 주머니에 넣고 다녔기 때문이다. 다른 사람들이 담배? 하고 권할 때마다 담배 그만 피운다고 금연을 알렸고, 시간이 어느 정도 흐른 뒤에야 더 이상 담배를 지니고 다니지 않았다.

어머니의 삶 중에서 중요했던 부분이 아버지에게 따뜻한 점심을 들게 하는 것이었다. 아버지가 들고 남은 식은 밥은 어머니 차지였지만, 아버지가 따뜻한 밥상을 받을 수 있게 애쓰는 것은 어머니의 큰 기쁨이었다. '식은 밥'이 밥의 온도를 말하는 것이 아니고 금방 밥을 지었느냐 아니냐를 나타내는 말이라는 것도 장년이 되어서야 알았다.

윷놀이 말을 타고

많은 세월 동안 집은 아버지 직장 가까이 있었다. 그게 따뜻한 밥하고 관계가 있었노라고 하는 건 좀 억지스러운 면이 있기는 하지만 상당 부분을 차지했을 것 같다. 사택의 있고 없음보다 집 가까이에 학교가 있는 것이 우선이었다. 어떨 땐 담을 경계로 학교와 집이 붙어 있는데다가 담 너머로 선진이네 교실까지 보인 때도 있었다. 자식들의 국민학교 시절이야 아버지 직장이 가까운 것은 곧 자식들의 학교가 가깝기 때문에 당연했고, 자식들이 자라면서 중학교, 고등학교에 진학하면서도 언제나 아버지의 직장과 집은 가까운 거리에 있었다. 자연히 사택살이는 최우선 과제였다. 오랫동안 버려진 사택이면 말끔하게 수리를 해서라도 사택에서 살았다. 아파트가 지어지면서 모든 것을 집안에서 처리할 수 있는 집이 유행하는데도 사택살이는 여전했다. 아파트는 퇴직 후에나 누린 편리한 공간이었다.

젊은 시절의 아버지가 담임한 학반에는 밥 한 끼도 넉넉하게 먹지 못하는 아이들이 많았다. 아버지는 도시락 심부름하는 아이에게 꼭 밥을 주라고 했고, 어머니는 그런 아이를 위해 밥을 넉넉하게 했다. 때로는 학교 운동부가 단체로 몰려들기도 했다.

"사모님이 차려 주신 쌀밥은 평생 잊을 수가 없습니다."
60년이라는 세월이 어머니를 할머니로 만들고, 그 시절 도시락 심부름을 와서 쌀밥을 먹었던 어린 아이도 칠순이 넘었건만, 아버지가 유명을 달리해도 은사님이 아닌 사모님에게 어제일인 듯 고마움이 사무친 인사를 잊지 않는다. 여자는 딸 노릇만 하다가 엄마가 되고 며느리가 되어 보면 딸 노릇만 할 때의 어머니가 어떻게 살았을지 뼈저리게 깨닫게 된다. 칠순이 넘은 아버지의 제자가 왜 그런 가슴 울리는 인사를 하는지 이미 엄마이고 며느리인 딸들은 충분히 이해한다. 도시락을 싸야 했던 어머니들이 학교에 급식소가 생길 때 얼마나 학교에, 나라에 고마워했는지. 가끔은 가족이라 해도 간단하게 먹었으면 싶은데 느닷없이 들이닥치는 학교 아이들까지 따뜻한 밥을 먹게 했다니.

따뜻한 밥과 계란 프라이. 아버지의 도시락은 동료들의 부러움을 샀다. 어머니가 다림질한 아버지의 줄이 선 바지처럼 어머니가 싸는 도시락도 주변 사람들의 감탄으로 아버지를 우뚝 서게 했다.

도시락 말이 나왔으니 말이지, 아버지와 6남매의 도시락을 싸던 시절, 연탄불만 있다가 석유곤로가 나왔을 때, 냉장고가 나왔을 때, 어머니를 도운 그 막강한 일손을 잊을 수가 없다. 도시락을 싼다고? 생각만 해도 진저리나는 일이라 고갯짓들을 하는데 어머니는 도시락을 싸던 그 시절이 제일 재미있었다고 강조한다.

어머니의 도시락 혜택은 몇 년 동안 외숙도 누렸다.

혼인하기 전까지 외숙은 누나네서 숙식을 해결하며 직장살이를 했다. 직장 동료들이 모두 부러워했던 누나표 도시락을 외숙이 어찌 잊을 수 있었으랴. 어머니의 도시락 정성은 그렇게 아버지와 6남매를 넘어 사람들의 입에 오르내렸다. 어머니의 뇌리에는 몇 해

윷놀이 말을 타고

도시락을 싸준 동생마저도 하지 않아도 될 고생으로서가 아니라 오래오래 잊고 싶지 않은 그리움으로 새겨져 있다. 자식처럼 품에 안은 어머니의 동생이었다.

아득히도 먼 옛적에 고모가 어려움이 생길 때마다 찾아와 어머니와 조근조근 대화를 나누던 모습은 지금도 눈에 선하다. 어머니는 대체로 부엌에서 분주했고, 고모는 방에서 부엌으로 통하는 방문을 열어둔 채 문지방에 바싹 다가앉아서 무슨 얘긴가를 끝없이 나누던 두 사람의 모습이 벽에 걸어둔 액자처럼 정물화로 남아 있다. 그런 정물화가 쌓여서 이루어진 어머니와 고모의 관계였으니 나이가 들면서 비속어를 사용해도 서로의 가슴에 앙금이 생기지 않는 경지에 이르렀을 것이다.

짧게는 며칠, 길면 몇 년을 친척들과 함께 하던 삶은 무척이나 익숙해서, 친척과 같이 사는 게 당연한 것으로 받아들여져, 두엇 되는 친척들과 같이 있게 되는 것은 물론, 사돈끼리 한 공간에서 머무는 일도 종종 있었다. 좀처럼 그런 일은 없었지만, 어쩌다가 하루 이틀 친척들이 없는 날이 있으면 그게 더 이상하고 허전하고 불안하기까지 했다. 뭐, 방이 수십 개인 저택의 소유자여서가 아니었다. 같은 방에 아이들과 어른이, 때로는 사돈이 머물게 되어도 아무도 개의치 않았다. 그 시절엔 침대가 과학이니 뭐니 하는 생각이 아예 없었다. 침대가 방을 차지하면 그 방을 사용하는 사람도 얼추 숫자가 정해지지만, 침대가 없는 방이면 몇 사람이 같이 잘 수 있을지는 점쟁이조차 알 수 없는 일이다. 식구가 많아서 잠자리를 마련할 공간이 부족한 바람에 어쩔 수 없이 가로 세로로 누워 잠을 청해도 상관하지 않을밖에. 그런 날들을 지켜온 어머니고 아버지다. 홀로 지내는 어머니는 지금도 이부자리가 턱없이 많아서 규모가 작은 숙박업소 수준은 됨직하다.

　어머니가 즐기는 윷놀이를 하기 위해서 될 수 있으면 많은 식구들이 선수를 자청했다. 출전 선수를 응원하는 구경꾼들의 추임새도 국제급이다. 손주들까지 예외 없이 열광적으로 합세하여 어머니 기분을 맞춰 주었다. 손주들이 나이가 드니 특별히 상황을 설명하지 않아도 자신들의 몫을 충실히 잘 해내고 있다. 아버지가 생전에 가족들에게 얘기를 길게, 길게 늘어놓던 날, 조카 기영이가 엄마인 선진이에게 귀가하면서 그러더란다.

　"엄마, 할아버지 말씀, 녹화해야 하지 않았을까요."
선진이가 어쩐지 가슴이 철렁했단다.

　"왜?"

　"할아버지는 좀처럼 과거사를 말씀하지 않으시잖아요."
기영이의 걱정이 사실이 되었다. 그 후로 아버지는 그날처럼 길게 얘기를 들려줄 기력을 갖지 못했다. 그 날이 마지막이었다. 훗날 선진이가 기영이에게 애가 타서 말했다.

　"기영아, 그런 생각이 들면 녹음이라도 하지 그랬어."

　"그렇게 될 줄 몰랐어요, 엄마."

아버지는 손자 기영이가 기술사 시험에 합격하여 젊은 나이에 대단한 직위에 오르는 것도 못 보았다. 어머니는 그것도 못 견디게 안타깝다. 마을 입구에 '누구네 집 자식의 영광'이 현수막으로 붙어 있을 때, 선진이가 아버지에게 장담을 했다. 기영이가 틀림없이 현수막을 걸게 될 일을 할 것이라고. 아버지가 현수막을 부러워하는 게 아님을 모르지 않았지만, 선진이가 너스레를 떨어 아버지를 빙긋이 웃게 만들었다.

우승을 하나 꼴찌를 하나 상관이 없음에도 우승이 지상최대의 과업인 것처럼 윷놀이에 열중한다. 윷놀이라는 게 일부러 지려고 해도 뜻대로 잘 안 되는 게 아닌가. 윷말을 아무렇게나 쓰는 방법으로 질 수는 있지만, 윷말을 정석에 어긋나게 쓰면 어머니의 훈수가 격렬해지기 때문에 모든 선수가 사력을 다해 윷말을 쓰게 된다. 가족들이 모이면 으레 윷놀이 몇 판은 하는 것이 불문율이다. 두어 시간도 순식간에 지나곤 한다.

막내가 첫 선수로 윷을 놀고 다음 어머니 차례가 되었다. 어머니가 윷가락을 쥐고서 던질 생각을 하지 않았다.

"이걸로 뭐 하는 거지?"

순간 모든 식구가 얼어붙었다. 어머니가 그토록 즐기는 윷놀이를 어떻게 하는지 잊어버렸다. 잠시 정적이 흘렀다.

"엄마, 우리 지금 윷놀이 하고 있잖아요. 윷을 담요에 던져 보세요. 엄마가 또 사리부터 할지 몰라요."

"아~아, 그렇지 참."

어머니가 윷가락을 던졌다. 어머니의 윷가락이 세 개가 젖혀졌다. 걸이다.

"그렇게 잘 나오던 개도 안 나오네. 잡고 가야 되는데."

갯밭에 있는 막내의 말을 보고 하는 어머니 말이다.

　어머니가 아쉬워하는 순간 비로소 얼음이 녹아 서로의 눈을 맞추었다. 개야, 걸이야, 모야를 외치며 열띤 응원으로 분위기가 와자지껄했다. 얼마나 소리를 질러댔는지 목이 다 쉬었다. 윷놀이라는 게 워낙 흥을 돋우는 전통 놀이가 아닌가. 어머니 기분을 맞추며 시작한 윷놀이는 언제나 모든 사람이 놀이에 푹 빠져 이웃집을 걱정하던 것도, 승리해 보았자 별다른 상품이 있는 게 아니라는 것도 다 잊어버렸다. 윷말을 쓸 때는 본인보다 훈수를 두는 사람들이 많아 거의 싸우다시피 했다. 어머니는 자타가 공인하는 윷말 고수였다. 전통 윷판에 재미를 위해 '윷말업기'니 '돗밭으로'니 '두 밭 이내로'니 하는 것들을 덧붙여 규칙을 복잡하게 만들어 놓으니 전통적인 윷말 쓰기가 좀은 흔들렸지만 고수의 위치는 흔들리지 않았다. 어머니의 윷말이 상대편에게 자꾸 잡히면 어머니가 시무룩했다. 당연히 모든 응원은 어머니에게 집중이 되어 곧잘 응원꾼의 주문대로 끗수가 나오기도 한다. 이럴 땐 어머니의 터질 듯한 웃음에 묻혀 모든 근심이 사라지는 순간이 된다. 어머니의 웃음을 보면서 어머니가 윷말을 타고 아버지에게 달려가고 싶은 것은 아닐까 하는 걱정은 기우일 것이다.

그런데 어머니가 윷가락을 들고 무표정하게 뭐 하는 거냐고 묻던 모습이 윷놀이를 하면서도 자꾸만 마음에 걸렸다. 서로서로 눈이 마주칠 때마다 그런 말없는 걱정이 오고갔다. 설마 아닐 거라고 억지로 마음을 달랬던 후손들의 불안감에 불을 질렀다. 열띤 응원으로 쉬어버린 목보다 더 거친 호흡이 길게 이어졌다.

'작가 이모가 외할머니와 같이 사셔야 되는 거 아니냐.'는 기영이의 말도 선진이를 통해 모두에게 전해졌으니까. 누군들 어머니와 같이 살고 싶지 않겠는가만, 그건 절대로 어머니가 원하는 일이 아니다. 어머니는 아직 아버지의 유품이 가득한 공간에서 아버지를 마음껏 그리워하는 삶에 젖어 있다. 아버지가 건재할 때의 모습 그대로 조금도 바꾸지 못했다.

아버지가 즐겨 하던 텃밭 일에 사용하던 연장이 신발장 위에 고스란히 자리를 지키고 있다. 아버지가 밭일을 할 때 신던 밭일용 장화도 흙이 묻은 채다. 평생 깔끔한 모습으로 외출을 했던 아버지였다. 그렇지 않은 모습으로 외출을 하는 아버지의 모습을 어머니는 상상할 수도 없었다. 유일하게 참아낸 것이 아버지가 밭일을 하러 갈 때였다. 깔끔하게 손질된 장화 모신다고 밭엔들 마음 편히 들어가겠느냐고 자식들이 법석을 떤 결과다. 밭일은 아버지의 취미생활이었다. 밭에서 자라는 채소들을 보면 그렇게 사랑스러울 수가 없다고 찬탄하던 아버지였다. 밭일에 별 흥미가 없는 어머니는 아버지가 밭에서 애호박을 따 가지고 올 때를 제일 반가워했다.

"우리 호박이 얼마나 인물이 좋은지 먹기가 아깝다."

그런 말을 하는 아버지가 애호박을 따면 그걸 자식들이 먹게 하겠다고 자식네 집을 방문하곤 했다. 배보다 배꼽이 더 크다고 자식들이 아우성을 쳤다. 애호박이 열리는 계절에는 하도 호박이 잘 자라 이웃집과 나누기도 바빠서 가게에 납품할 정도였다. 한 자루를 가게에 가지고 가면 몇 천원을 손에 쥔다고 아버지가 말하면 자식들이 "아버지가 호박 농사로 빌딩 주인이 되시겠다"고 소동을 벌였다.

드디어 한 판이 끝나서 승패 결과를 적었다. 이건 그날 가장 나이가 적은 사람이 맡고 있었다. 그것 또한 불문율이다. 굳이 기록해야 할 만큼 대단한 것이 아니었지만, 모두가 얼마나 재미있어 하는지를 어머니에게 보이기 위한 장치였다. 대진표를 그려놓고 승패를 표시하다가 어머니를 중심으로 준결승, 결승이 이루어지지 않으면 잘못된 진행거리를 억지로 찾아내어 다시 경기를 시작했다. 손주가 다른 달력 뒷장에 윷놀이 결과를 적는 걸 보고 어머니가 말했다.

"똑똑한 우리 손주. 우리 선경이도 공부를 얼마나 잘했는지."

모두가 거기까지만 들어도 무슨 얘기가 이어질지 이미 알고 있었다. 선경이는 예순이 넘은 맏언니 이름이다. 손주들 앞에서도 맏언니 이름이 아무렇지도 않게 등장한다.

맏언니는 학교에 입학하자 받아쓰기 시험에서 매일 100점을 맞았다. 맏언니는 받아쓰기 시험지를 손에 펼쳐 들고 집으로 오는

윷놀이 말을 타고

버릇이 있었다. 이 대목에 꼭 등장하는 사택에 함께 살던, 공부 못하는 아들을 둔 송 선생 부인. 맏언니의 활약은 거기서 끝나지 않았다. 일제고사에서 도덕을 제외한 다른 과목이 모두 100점이어서 교무실에서 모든 교사들이 놀랐을 때 도덕 과목이 0점인 것으로 알려졌다. 5문항. 문항 당 20점짜리였다. 대부분의 아이들이 80점은 받는 과목이었다. 그런데 0점이라니. 답을 적지 않았다. 담임이 왜 그랬느냐고 맏언니에게 물었더니 배우지 않은 것이라 안 하는 건 줄 알았다나. 교사들이 배꼽을 잡았단다. 이때도 어머니와 아버지의 기분을 돋우는 역할을 하는, 교무실의 조 선생과 문 선생이 꼭 등장했다.

맏언니의 눈부신 성적만으로 어머니 얘기가 끝나는 법이 없다. 모두가 법석을 부리며 윷놀이를 하고 어머니 얘기에 반응도 하면서 선진이네가 도착하기를 기다렸다. 어머니의 자식 자랑 목록에 자신이 등장하기 전에 선진이네가 와 주었으면 하는 생각은 모두 비슷하지 않을까. 몇 십 년 전의 사소한 자랑거리를 어머니는 평생 가슴에 간직하고 있다가 이즈음에 와서 펼쳐보고, 펼쳐보고 했다. 좀 더 번듯한 자랑거리였으면 얼마나 좋을까. 일본 아이들만 있던 식민지 상황에서 급장을 했던 '사다요시 시절'에 비해 자식들의 자랑거리는 초라했건만, 어머니에게는 세상에 둘도 없는, 그 누구에게나 당당하게 자랑하고 싶은 것이었나 보다.

선일이는 1학년 때 100개 받아쓰기에서 유일하게 100점을 받은 화려한 경력이 있었다. 선일이가 쓴 글자 중에서 지우개로 지운 흔적이 조금 남아 있어 무슨 글자인지 선명하지 않았던 게 있었나 보다. 담임이 무슨 글자인지 선일이에게 물었다. 선일이가 그 글자가 있는 교과서 페이지를 펼치더니 이 글자라고 가리켰다. 어떻게 1학년짜리가 그렇게 자기주장을 할 생각을 했겠느냐면서 모두들 혀를 내둘렀다는 얘기다. 선일이보다 더 총명한 1학년짜리 얘기를 어디서 들을 수 있겠느냐면서 선일이를 아들로 둔 어머니의 긍지는 하늘을 찔렀다. 정작 선일이는 기억에도 없는 일이다.

이런 민망한 칭찬 행진에 어머니의 손주들은 때맞춰 탄성을 질러 준다. 그 손주들 중에는 윗세대와 비교가 되지 않을 만큼 공부를 잘하는 손주들도 있었지만, 어머니에게는 어머니의 자식보다 더 똑똑한 사람은 보이지 않으니 이 일을 어찌하랴. 손주도 어머니 자식 뒷전인데 남들은 어떠했겠는가. 손주들이 철부지가 아니라는 사실이 얼마나 다행한 일인지. 손주들은 윗세대가 얼마나 민망해 하는지 다들 알고 있다. 아니 손주들은 그런 상황을 재미있어 했다. 참으로 버릇없게도 할머니가 귀엽다나.

"아버지가 어떤 분이냐. 그 옛날에 아내가 공부를 잘한 사람이었는지 생활기록부 확인하고 결혼한 분이잖니."

2세가 공부를 잘해야 되기 때문에 아버지에게는 생활기록부 열람이 필수였다나. 아버지는 어머니가 졸업한 국민학교로 찾아가서 어머니의 생활기록부를 보려 했다. 아버지가 학교로 찾아갔을 때 고학년에서 외숙이 전교 1등에, 어린이회장을 하며 명성을 날리고 있었나 보다. 똑똑한 집안임에 틀림없었다.

신부감 합격.

그래서 6남매의 어머니가 되었다.

어머니는 배우자든 친구든 부하직원이든 누군가의 얘기를 하면 제일 먼저 공부를 잘 하느냐고 물었다. 그리고 어머니의 자식들이 얼마나 공부를 잘했는지 아느냐는 얘기로 이어졌다. 남들이 궁금해 했을까. 어머니에게 그런 따위는 전혀 중요하지 않았다. 50년 전에 받아쓰기 100점 받은 게 뭐 그리 대단한 일이냐고 따지는 건 어머니에게 의미 없는 일이다. 선일이가 형광등을 하나 갈아 끼워도 선일이의 솜씨는 그냥 우리끼리 보기가 아까운 재주였다. 선진이가 공장 직원이 아프대서 무조건 병원에 보냈다고 하면, 선진이를 직원의 사정을 내 자식같이 보살피는 최고의 경영자의 반열에 올려놓았다. 막내가 노래 한 곡을 부르면 남진이고 이미자고 명함도 못 내미는 일이 되어 버린다. 공부를 잘 하는 얘기를 택배 기사에게도 자랑하고, 다른 도시 축제를 구경하다가 우연히 마주친 사람에게도 작가 딸 자랑을 하는 어머니다. 어이 하랴.

어머니의 유일한, 그리고 가장 중대한 기준은 오직 한 가지다.

어머니의 자식이라는 것.

드디어 선진이네가 도착했다. 물론 약속 시간 전이다.

"우리 빼고 윷놀이를 하면 어떡한대. 이거 너무 하는 거 아니우."

선진이가 들어오자마자 호들갑을 떨며 바로 윷놀이에 합세했다. 꼭 중요한 윷놀이 대회가 개최되었고, 윷놀이 대회를 위해서 모인 것 같다. 달력 뒷장에 기록된 대진표의 승패를 보고 선진이가 바로 맏언니네를 공격했다. 텃세 때문에 언니네가 승리를 한 모양이라고 대진표를 가리키며 부당함을 지적했다.

"처제, 몰랐어? 사람이 똥개보다 못할 리가 없잖아!"

"형부, 윷놀이에서 이기려고 식구들을 여기로 집합시키면 안 되죠."

선진이가 아우성을 치는 모습을 보며 기영이가 재미있어서 어쩔 줄을 모른다.

어머니가 두어 번 자리를 뜰 때 선진이에게 윷놀이를 시작할 때의 상황이 간단하게 전해졌고, 회의가 빠르고 짧게 진행되었다. 종종 고민했던 일이라 미주알고주알 설명이 필요 없었다. 병원에 가서 어머니가 정밀진단을 받을 수 있게 해야 하는 건 틀림없는데 언제 누가 그 일을 맡느냐 하는 것이었다.

"기영아, 네가 좀 해 볼래?"

윗세대의 짐을 조카 기영이에게 맡겼다.

어머니처럼 총명한 노인의 간이 검사로는 정확한 결과가 얻어지지 않는다. 어머니 설득은 이런 말로 시작하도록 했다.

노인들은 젊은이들과 달라서 간이 검사만으로 정확한 진단을 내리기가 어렵다고 기영이가 한 마디를 했다. 인터넷 자료를 본 적이 있다고. 짐작이 가는 말이었다. 선일이가 어머니와 함께 병원에 가서 검사를 받아 보았을 때 아무런 이상이 없었다. 아무런 이상이 없다는 말 덕분에 어머니도 자식들도 잔치 분위기였다. 그럼 그렇지, 그럴 리가 없었다.

그러나.

몇 달이 지나서 또 병원을 찾을 수밖에 없는 상황이 벌어졌다. 윷가락을 들고 뭐하는 건지 순간적으로 까마득히 잊어버린 어머니의 모습이 이전에도 있었다. 조마조마한 마음으로 또 선일이가 다른 병원에서 검사를 받아 보았다.

이상이 없었다.

이상이 없다는데도 불안했다. 혹시 때를 놓칠까 봐 두려웠다. 깜빡 잊어버리는 일이야 어느 정도 나이가 들면 누구에게나 있는 일이긴 하지만, 어머니의 모습은 흔히 일어나는 건망증 정도가 아니었다. 얼마 전에도 맏언니가 고모의 전화를 받은 일이 있었다.

"형님 총기가 예전 같지 않아. 아무래도 이상해."

고모가 이런 말을 시작할 때만 해도 맏언니는 단순히 어머니의 노화를 고모와 같이 걱정했다.

"생전 그런 일이 없는데 형님이 자네는 무말랭이를 어떻게 담그느냐고 묻더라고. 내가 하는 대로 했다가 잘못되면 나만 원망하려고 하면서 아무 얘기도 안 했거든."

어머니가 어찌어찌 생각이 나서 어머니 방식대로 무말랭이를 담갔는데 어머니 마음에 덜 맞았는지 고모에게 전화를 했다는 것이다.

"자네 땜에 무말랭이 배렸잖아. 자네가 물어내. 지랄하고, 괜히
간섭을 해 가지고선."

고모는 억울하기 짝이 없었지만 그게 문제가 아니었다. 올케가 그
럴 사람이 아니었기 때문이다. 올케가 고모에게 무말랭이 담그는
방법을 묻는 것부터가 어머니답지 않았고, 마음에 덜 들었기로서니
고모에게 덮어씌우는 억지까지 부릴 리가 없었다. 맏언니가 고모에
게 자식들의 걱정을 털어놓았다. 어쩌다가 이런 일이 일어나고 있
다고. 병원에 가면 아무 이상이 없다 한다고.

정밀 검사를 받아야 하는 이유를 어머니에게 확실하게 전해야
한다. 나이도 별로 관계가 없는 병이다. 얼마나 흔한 병이면 국가가
관리하겠다고 나섰겠느냐. 만의 하나, 그런 병이 찾아왔어도 관리를
하면 노인의 병은 워낙 더디 진행되기 때문에 큰 문제가 일어나지
않을 것이다. 어머니는 다행스럽게도 선일이와 병원에 다녀왔던 일
을 그야말로 '누워서 떡 먹는 질문을 받았던 것이 몹시도 싱거웠던
일'로 기억하고 있었다.

어머니를 설득하는 일은 조카 기영이가 맡겠다고 나섰고, 병
원에는 맏언니가 동행하도록 생각이 모아졌다. 만약 어머니에게 이
상이 있다면 병원에 자주 들러야 할지 모르는데, 다행히 퇴직해 한
곳에 매어있지 않은 맏언니가 맡아 주었으면 한 것이다.

"매어 있지 않기로는 작가 동생도 마찬가지지만, 엄마가 편치 않
으실 거야. 대단한 일을 하는 작가 딸이 당신에게 매여 소설 쓰

윷놀이 말을 타고

는 데 지장이 있을까 봐."

어머니의 자존과 긍지를 다치지 않게 하는 일이 가장 중대한 일임을 명심해야 한다.

기영이가 인터넷으로 맏언니가 살고 있는 도시의 거점병원을 검색한 결과를 남매단톡방에 올려주었다. 기영이는 맏언니가 살고 있는 도시뿐 아니라 인근 도시까지 모두 검색하여 종사하고 있는 의료진을 비교했을 뿐 아니라, 진료를 받은 환자나 보호자가 인터넷에 올린 글을 점검한 후에야 병원을 추천했다.

맏언니가 어머니와 병원에 가는 날은 몹시도 마음이 무거웠다.

"자세히 사정을 설명하지 않아도 의사도 간호사도 소통이 잘 되더라."

의사와 간호사가 친절했다. 거점병원이기도 한 전문병원의 장점이 드러났다. 의료진은 어머니의 상황을 매우 빨리 알아차리고 어머니를 배려했다. 어머니는 마음이 흡족했다. 맏언니의 병원 방문담이 검사 결과가 나올 때까지의 불안을 잠재우지는 못했다. 단톡방 채팅도 별 도움이 되지 않았다. 자식들끼리 수도 없이 전화를 해댔다. 말 그대로 시도 때도 없었다.

"엄마, 댄스스포츠 하고 오셨어요?"

"엄마, 윷가락 엄마가 갖고 계시죠!"

어머니와는 그런 통화를 했다.

검사 결과가 나왔다. 뇌영양제가 필요하다는 진단이 내려졌다.

고향
노마드

육촌동생이 가진 25인승 버스가 대가족 여행에 적절했다. 여행을 가고 싶다고 연락하면 갖가지 편의를 봐 준다. 육촌동생에게 경제적으로 별 도움이 되지 않는 걸 알면서도 굳이 이 버스를 이용한다. 육촌동생의 어머니, 종이모도 혼인을 할 때 온갖 준비를 어머니가 도와주었다. 어머니가 혼인 준비를 도와준 친척이 워낙 많았던 까닭에 수십 년의 세월이 흘렀는데도 서문시장의 이불전도 그릇전도 한복집도 여전히 단골이다. 물론 어머니의 대를 이어 자식들이 그 가게를 찾게 되었고, 가게에서도 자식들이 가업을 잇고 있지만.

"세상에, 사모님 같은 분도 계시네요. 소개비 한번 요구한 적도 없으시니."

시장 상인들에게 어머니는 '최고 사모님'으로 통했다. 상인들의 말

고향 노마드

투도 어머니에게 매우 정중했다. 애초에 어머니가 거간꾼 노릇을 하고 대가를 노렸으면 친척들이 그렇게 줄을 지어 어머니를 찾지는 않았을 것이다. 어머니가 친척들에게 덜 좋은 물건을 소개하고자 했으면 한복집 주인이 수십 년이 흐른 뒤에도 한복을 선물하려고 애썼을까. 어머니는 친척들이 좋은 물건을 싸게 샀노라 할 때 보람되었다. 친척들은 어머니와 같이 혼수품을 장만하고, 어머니가 지어주는 밥을 먹고, 6남매와 같이 자면서 가정을 이루는 시작점에 서곤 했다.

　육촌동생에게 예전 일을 상기시키며 신세 갚음을 하게 했겠는가. 어릴 때부터 가깝게 지내 온 덕분에 지내기에 별 어려움이 없다. 친밀감은 사촌이니 오촌이니 하는 촌수와 관계없음을 체득하며 자랐다. 어머니와 아버지가 가꾸어 놓은 친척망이다. 계산적인 친척망 관리였겠는가만 어머니가 자주 얘기하는 '착한 끝은 있느니'일 것이다.

　운전기사 눈치 보지 않고 마구 떠들어댈 수 있어 참 좋다. 25인 승이라 이모와 고모 내외를 초청해도 자리가 넉넉하다. 손주들이 어렸을 땐 으레 가족여행에 동참했는데 나이가 들면서 많이들 바빠서 일정을 맞추기가 쉽지 않다. 어쩌다 시간이 맞는 손주들이 가족여행에 참가하기도 했다. 어른들과 함께 있는 공간이 불편할 것 같아 젊은이들끼리 차를 따로 이용하라고 권했다. 승용차로 움직여도 괜찮다고 말했음에도 버스를 타고 가족들과 떠들며 같이 여행을 하는 게 좋다는 기영이의 말에 윗대는 놀라고 반가워하고 흐뭇해했다.

　가족 여행을 할 때 아랫대의 시간을 맞추기보다 이모나 고모를 초청하려고 애를 썼다. 어머니, 아버지와 대화를 나눌 수 있는 동무들이어서. 먹을거리를 하도 많이 챙겨서 현지 음식을 먹을 기회가 없다고 불평을 하는 사람도 있었지만, 그런 불평 때문에 주전부리가 줄지는 않았다. 흔히 25인승은 좁아서 장거리 여행에는 불편하다고들 하는데 먹을거리까지 자리를 차지해도 보조석이 필요하지 않았으니 항상 즐겁고 신나는 여행이었다. 게다가 아랫대들이 여행지를 미리 탐색하여 관광에 끝나지 않고 역사 탐방도 되도록 일정을 짜 주어 더욱 알찼다. 아버지는 단순한 관광지보다 공부가 필요한 곳을 더 좋아했다. 손주들이 가보지 않고도 훤히 그 지역을 알 수 있게 해 주는 인터넷 정보는 매력이 있었다. 아버지에게 매력이 있는 것이면 어머니는 무조건 찬성이다. 다른 사람들이 작성한 자료는 본인 취향이 아닐 때가 많아서 아무리 정보 사회가 되어도 한계가 있었다. 역시 현장에 직접 가보는 것이 최고의 맛이다.

　화순에 있는 운주사에 다녀왔을 때를 잊을 수가 없다.

　운주사는 흔히 천불천탑이 있는 곳으로 알려져 있다. 미륵돌이라고 하는 조악하지만 수많은 인물상이 특이한 형상을 하고 있다. 특이한 형상이어서 불상이라기보다 인물상이라 부르는 것이 더 타당해 보인다. 인물상의 뒷면은 아무런 장식도 없이 평평하게 돌

　　　　　　　　　　　　　　고향 노마드

을 깎은 흔적이 그대로 남아 있다. 꼭 어딘가에 가지고 가야할 목적이 있어서 운반할 용도로 만들어진 것처럼 겨드랑이에 낄 수 있을 만큼, 인물상의 길이에 비해 어깨가 지나치게 좁다. 그동안 학계에서 미륵돌로 해석되어 왔다는데, 배바닥 짐돌로 사용되었다는 주장이 오히려 흥미롭게 다가온다.

운주사 원형 다층탑 앞에서였다.

"탑은 네모진 옥개석이 기본인데 이렇게 둥근 옥개석으로 된 탑은 본 적이 없다. 해나 달을 포개놓은 것 같네."

아버지의 감상이다. 탑이라고 하면 으레 불국사의 석가탑 모양을 연상하게 된다. 그런데 원반 모양이 층을 이루고 있는 탑 앞에 서 있게 되었다. 기영이가 만들어준 출력물을 연신 보아 가면서 선진이가 본격적으로 문화해설사 노릇을 했다. 아버지의 감상이 출력물 내용과 닮은 점이 선진이를 놀라게 했다.

"아버지가 말씀하신 것처럼 이 원형의 옥개석을 태양신 숭배의 모습으로 해석한 주장이 있어요. 해가 있는 날은 맑은 날이니까 해가 쨍한 날이 여러 날 계속되기를 기원하는 마음이 이런 모양의 탑을 만들게 했다는 해석이에요."

쩔쩔 매면서도 선진이는 얼버무리지 않고 자신이 얻은 정보를 충실하게 설명하고 있었다. 기영이 모친다웠다. 운주사 언덕에 누워있는 한 쌍의 와불상으로 알려진 것도 새로운 주장에 의하면 해달을 흉내 낸 인물상이라는 것이다. 뱃사람들이 배바닥 짐돌로 하필 해달을 흉내 냈느냐고? 바다에서 풍랑을 만났을 때 인간의 힘이 얼마나 미약한지 뼈저리게 느끼게 되는데 해달은 바다에 누워 자고, 바다에 누운 채로 어미의 배 위에 새끼를 재운다. 해달은 바다에 누운 채로 배에 올려놓은 먹이를 앞발로 장만해서 먹고, 해달끼리 서로 앞발을 잡고 바다에 나란히 누워 잠잔다. 물에 빠지지 않는 동물인 해달이 얼마나 신기했을까. 원형탑도, 석조불감도, 뒷면이 평평하고 어깨가 좁은 인물상도 모두 해양민족으로서의 한민족 문화를 보여주는 것이라 주장했다.

미륵전에 불상이 아닌 고래바위를 모신 신라사찰 만어사 역시 삼국유사의 내용을 근거로 제시하면서 뿌리 깊은 우리 민족의 해양문화, 특히 고래문화를 보여주고 있다는 새로운 정보를 알려주었다. 신라 시대에는 고래를 숭상하는 고래토템이 있었는데, 불교를 숭상하는 고려 5백년과 유교관으로 세상을 바라보던 조선 5백년이 신라의 동물토템 종교를 제거하거나 불교문화로 윤색시킨 것이다.

신라의 고래 숭상은 선사 시대부터 내려온 동물토템시대의 계승일 것이다. 거대한 나무며, 바위를 보아도 숭배하던 옛사람들이 살아있는 거대한 동물, 고래를 보았을 때 어떤 느낌이었을지 흥미로웠다. 가족들의 호응 속에서 선진이의 설명은 시간이 흐를수록 열을 냈고, 선진이의 열정에 가장 감동한 사람은 아버지였다. 선진이가 들고 있는 기영이가 만든 자료는 '코리안신대륙발견모임' 이라고 출처가 나와 있었다.

"아버지, 신대륙은 누가 발견했다고 생각하세요?"

"코롬부수."

아버지는 영어를 일본식으로 발음할 때가 많았다. 아버지뿐 아니라 거의 대부분의 사람들이 신대륙 발견이라면 콜럼버스를 떠올릴 것이다. 빙하기에 바다가 얼어서 땅이 드러나자 그 길을 걸어서 아시아인이 신대륙으로 갔노라는 연육교설보다 이미 학계는 해안선을 따라 이동했다는 해안선이론이 더 강력하다며, 콜럼버스가 아니라 코리안이었다는 학설을 선진이가 자신 있는 태도로 소개했다. 자료를 보며 기영이에게 들었을 땐 잘 전달할 수 있을 것 같았는데 자꾸만 막혀서 출력물을 읽을 수밖에 없다고 계면쩍어하면서도 워낙 탁월하고 놀라운 학설이라 전달의 의무를 느낀다며 선진이는 도중에서 그만두지 않았다.

"아버지, 온돌은 영어 사전에도 등재되어 있대요."

"온돌이라. 구들목 얘기구나."

그 누구보다 아랫목을 좋아하는 아버지는 이 대목에서 웬 구들목이냐고 의아해 했다.

"3000년 전 코리안 온돌터가 알류샨 열도 아막낙섬에서 발굴되었다고 미국 고고학회에서 발표했대요. 이를 토대로 수많은 증거를 제시하면서 2009년에 '코리안이 신대륙을 발견했다'는 학설을 한국인 역사학자가 미국에서 주장했고요. 이 역사학자의 자료가 무궁무진해요, 아버지."

이 역사학자는 베링해 지역의 '온돌터', '코리안 미라', 그리고 마구
馬具로 알려졌지만 '코리안 청동 버클'을 알래스카에 코리안이 상륙
한 3대 증거로 제시했다. 선진이는 그 대단한 역사학자가 아막낙섬
을 답사하면서 태양모^{정자관}를 쓴 한복 차림으로 온돌집을 지은 조상
들에게 한국식으로 진설하고 제사를 지내는 사진을 아버지에게 보
여 주었다. 미국 수도에 있는 세계최대자연사박물관의 초기 한국관
에는 달랑 온돌 그림 하나가 전시되고 있었다는 설명과 함께.

아버지는 선진이에게 여행이 끝나면 자료를 달라고 했다.

"아버지, 코리안신대륙발견론에 관해서는 제가 정리해 드릴게요."

"그래 선미야, 작가 딸 덕 좀 보자."

어머니가 아버지의 작가 딸이라는 말을 되뇌며 즐거워했다.

밀양 만어사에서 돌아오는 길은 이미 저물어 밤이었다. 하루
종일 여행을 했으니 어머니, 아버지가 무척 고단할 것 같았다. 여전
히 떠들썩한 버스 안에서 아버지가 갑자기 노래를 부르기 시작했다.

"어머님의 손을 놓고 돌아설 때에 부엉새도 울었다오. 나도 울었
소……."

아버지가 가장 즐겨 부르는 '비 내리는 고모령'이다. 모두가 귀를 기
울였다. 아버지가 스스로 열창을 하도록 흡족하게 한 것이 무엇이
었을까. 1절이 끝나자 버스 안의 가족들이 일제히 앙코르라고 아우
성을 쳤다. 아버지가 몹시 즐거워 보였다. 아버지는 빙긋 웃으며 2절
로 앙코르에 답했다.

고향 노마드

"……오늘밤도 불러본다. 어머님의 노래."

아버지의 노래에 이어 다른 가족들의 노래가 이어지지는 않았다. 마지막 소절을 부를 때 아버지의 목소리가 조금 달라져 있었다.

"와, 우리 아버지, 현인보다 더 잘 하셔요."

막내가 소리쳤다. '노래'라면 누구니, 누구니 해도 막내가 으뜸이다. 으뜸 가수가 다른 사람의 노래를 막았다. 막내의 외침을 시작으로 갑자기 아버지 어머니 세대의 흘러간 노래며 가수들의 얘기가 줄을 이었다. 현인이며 김정구며 남인수며 이난영, 백설희…….

막내의 외침이 흐름을 막지 않았으면 어머니도 즐기는 노래를 한 자락 했을 것이다.

연분홍 치마가 봄바람에 휘날리더라

오늘도 옷고름 씹어 가며 산제비 넘나드는 서낭당 길에

꽃이 피면 같이 웃고 꽃이 지면 같이 울던

알뜰한 그 맹세에 봄날은 간다

어머니가 소녀처럼 이렇게 노래를 부르면 '우리나라 서낭당 중에서 가장 아름다운 서낭당 길'이라 평하는 아버지의 목소리가 이어졌다. 좀처럼 같은 말을 되풀이하는 일이 없는 아버지가 이렇게 아내를 향한 마음을 드러내곤 했다.

아버지가 세상을 떠난 뒤 선일이가 전한 말이 자식들의 마음을 아프게 후볐다. 아버지는 작가 딸 덕분에 '코리안신대륙발견' 학설에 심취했었다. 가끔은 자료를 놓고 작가 딸과 토론도 했다. '하고 싶은 일은 다 하고 간다'고 했던 아버지가 그 학설을 깊이 알고 싶었을까.

　"조금만 더 살고 싶구나."

어머니에게는 세상을 하직한다는 말도 못한 아버지가 선일이에게 그런 소망을 들려주었다. 아버지의 소망을 듣고도 아무런 힘도 쓰지 못한 선일이는 무력감으로 더 힘들었겠다. 선일이가 아버지의 임종을 지킨 것은 불행 중 다행한 일이었다. 아버지가 어머니에게 차마 하지 못하는 말을 할 수 있는 아들이 있었으니까. 선일이가 특별히 환자를 잘 간호하기도 했겠지만 아버지가 깊은 속까지 열어 보일 수 있어서 아버지에게 선일이는 그 어떤 간병인보다 편안했을 것이다. 비록 병원이긴 했지만 중년이 된 선일이와 그토록 오랜 시간을 같이 있었던 어머니는 또 어땠을까. 어머니와 자식들이 세상을 떠나기 전의 아버지 곁에 모여 있었을 때 선일이가 웃으며 말했다.

　"아버지, 이번에 일어나시면 가족여행을 어디로 갈까요."

　"곧 먼 여행을 떠날 텐데."

아버지의 말에 선일이가 아버지 손을 잡았다. 맏언니와 막내는 병실을 나가버렸다.

　"멀리 가 보고 싶으세요? 제주도는 몇 번 다녀오시고선. 얼른 퇴원해서 집으로 가십시다."

어머니가 웃었다. 어머니의 웃음 띤 말이 끝나자 선진이가 어머니

　　　　　　　　　　　　　　　고향 노마드

손을 잡았다가 놓으면서 또 병실을 나갔다. 다른 동생들도 선진이를 따라 나갔다.

"나도 화장실에 갔다가 올게요."

복도로 나가니 맏언니며 동생들이 눈물을 훔치고 있었다. 어머니도 복도로 나왔다.

"엄마도 화장실 가려고? 나랑 같이 갑시다."

어머니와 함께 서둘러 화장실로 향했다.

"우리끼리 제주도 갔을 때 재미있었어. 아버지 진지 때문에 신경이 쓰이긴 했지만."

어머니가 지난번 맏언니와 고모와 다녀온 제주도 여행 얘기를 끄집어냈다. 어머니는 아버지의 퇴원을 한 치 의심도 없이 믿고 있었다.

"다음 제주도 갈 때는 아버지도 모시고 가자. 단출하게 가도 나쁘지 않더라, 작가 딸아."

어머니가 즐거웠던 일로 기억하는 그 제주도 여행은 어찌 하다 보니 홀로 갈 생각을 했었다. 한 달만 개방된다는 그곳에 가 보기 위해서였다.

"너 왜 혼자 가려고 그러니. 나랑 같이 가자."

작가 동생 혼자서 여행하는 것이 맏언니가 마음에 걸렸던 모양이다. 그 말을 듣던 어머니가 말했다.

"너희들은 좋겠다. 제주도 여행도 가고."

어머니도 몇 번 다녀온 제주도 여행이었다. 가족 모두가 함께 다녀오기도 했던 제주도지만 제주도이기 때문이 아니라 두 딸과 가고 싶은 거다.

"엄마도 같이 갑시다. 셋이서 가지, 뭐."

맏언니와 의논 끝에 고모도 초청하자고 했다.

"나야 좋지만. 내 경비까지?"

"이유야 간단해요. 엄마 동무 해 주세요."

고모가 깔깔 웃었다. 그래서 시작된 제주도 여행인데 하필 태풍 때문에 비행기 운항이 불투명했다. 전화통에 불이 났다. 날씨가 이렇게 좋지 않은데 제주도 여행을 가야 되겠냐고. 이른 아침부터 다른 비행기들은 줄줄이 결항이었는데, 마침 예약한 비행기가 예정대로 이륙한 덕분에, 모두의 걱정을 뒤로 하고 제주도 여행이 시작되었다. 제주도에 도착하니 육지에 있던 아버지, 고모부, 형부, 그리고 선일이가 괜찮으냐고 번갈아 전화를 해댔다. 네 여인은 육지의 남자들 때문에 제대로 여행을 못하겠다며 전화하지 말라고 엄명을 내렸다. 제주를 볼 때는 서귀포에 비가 오고, 서귀포에 있을 때는 제주에 비가 왔다.

어머니의 이번 제주도 여행 목표는 한라산에 오르는 것이었다. 설마 한라산 정상에 도전할까 하고 예측한 모두의 생각은 보기 좋게 어긋났다. 고모가 혀를 내둘렀다. 고모와 작전을 짰다. 어머니와 고모가 한 팀으로 앞서 올라가고, 딸들은 힘에 부쳐 뒤를 따르는 것이었다. 어머니가 얼마나 빠르게 산을 오르는지 곧 어머니의 뒷

모습조차 보이지 않게 되었다. 지나가는 관광객에게 부탁을 했다.

"저희들처럼 이런 모자를 쓴 할머니 두 분이 오르고 계실 건데요. 저희들 엄마와 고모입니다. 뒤에서 딸들이 못 따라 잡겠으니 쉬고 계시라고 좀 전해 주십시오."

딸들이 도착했을 때 어머니와 고모는 벤치에서 쉬고 있었다. 어머니는 헉헉거리고 올라오는 딸들의 모습이 무척 재미있었나 보다. 만면에 웃음을 띠었다.

"엄마, 헉헉, 어떤 아저씨들 헉헉, 만났어요?"

"응, 만났다. '아래쪽에서 올라오는 따님들이 기다리시랍니다.' 그러더라."

그 말을 전하는 어머니의 얼굴이 환하게 빛나고 있었다.

"형님, 젊은 애들도 힘들어 하잖아. 나도 지금 죽겠구만. 아이고, 저 황소고집 땜에 오빠가 얼마나 고생하셨을까."

고모가 딸들을 보며 눈을 찡긋거렸다. 고모는 출발하기 전에 조카 딸들에게 슬쩍 말했다. 어머니가 무리하지 않도록 책임지고 어머니를 보살피라는 엄명을 고모의 '오빠'에게서 받았노라고.

"엄마, 어쩌려고 그렇게 빨리 걸으세요. 이 가방 땜에 걷기 힘들어요, 우리."

"아이고 지랄도. 내려갈 힘은 남겨 놓아야지. 농사일도 안 해 본 양반이 뭔 기운이 이렇게 센감. 집에 가면 오빠 텃밭에 밭 매러 가야겠구먼. 형님, 이만 돌아갑시다, 제발."

고모와 같이 아무리 어머니를 말려도 어머니는 기어코 백록담까지
갈 기세였다.

"엄마가 백록담까지 가실 수 있다는데, 고모가 못 올라가시겠
어요."

맏언니가 위로 이어진 길을 가리키며 계속 올라가자고 재촉했다.
위로 오르는 길은 평탄했던 지금까지의 길과 달리 가파른 오름길이
라 계단으로 되어 있었다. 계단을 오르면서 과하게 헉헉거렸다.

"형님, 앞으로는 길이 이럴 모양이네. 에구구, 숨차. 밭 매는 게
차라리 쉽겠네."

어머니가 별것 아니라는 말을 하지 않았다.

"자네, 많이 힘들어?"

기회였다.

"엄마, 고모만 힘든 게 아니에요. 우리도 주저앉기 직전인걸요."

"제발 내려가십시다. 엄마는 올라가시더라도 죄송하지만 우리
는 내려갈래요. 도저히 더 못 올라가겠어."

작전은 성공이었다. 어머니는 시누이와 딸들의 사정을 깊이 헤아려
진달래밭 대피소에서 드디어 백록담까지 가겠다는 마음을 접어주
었다.

"엄마가 진달래밭 대피소까지 다녀간 사람 중에서 가장 나이가
많은 사람일 거예요."

"완전 신기록일 걸."

고향 노마드

"사정 봐 줘서 고맙네, 우리 형님."

진달래밭 대피소에서 내려왔더니 성판악에서는 우의가 필요했다고
했다. 바닥이 젖어 있고 군데군데 물이 고여 있어 비가 왔던 흔적을
확인할 수 있었다. 태풍 때문에 출발을 걱정할 때는 제주도 여행 자
체가 오리무중이었기에 잠시 잊고 지내다가 제주도에 도착하면서
부터는 육지에 두고 온 아버지며 고모부 걱정 때문에 여행 초반에
는 어머니와 고모가 도통 여행을 즐기지 못했다.

"형님, 오빠 혼자 계셔도 될까. 우리 영감도 그렇고……."

여행을 즐기지 못하는 어른들에게 죄송한 마음이 들 지경이었다.
자식들에게 고모만큼 친밀감을 갖게 하는 고모부다. 신혼 시절 처
조카들에게 편지를 보낸 고모부였으니. 그랬던 것이 첫날 저녁이
저물자 고모가 말했다.

"애들아, 희한하다. 이런 데 와서 남자들 밥 신경 안 써도 되니
♪ 엄청 편하네."

그때부터 신이 났다. 돌아오는 길에 고모가 말했다.

"우리끼리 어디든 또 가자, 애들아. 남자들 다 떼놓고."

네 여인이 폭소를 터뜨렸다. 어머니는 그 제주도 여행을 떠올리면
서 퍽 재미있어 했다.

"그럽시다, 엄마. 아버지 떼놓는 데 재미 냈구먼요."

"아버지가 곧 기력을 회복할 거니까 걱정 안 해도 될 거다."

어머니의 확신이 가슴을 후볐다.

이 가족 여행이 규모가 커진 게 사촌형제 모임이다. 아버지 쪽 사촌형제 모임이라 육촌동생이 참석할 수는 없었지만 주위에는 육촌동생 같은 친척이 많이 있었다. 아버지가 육촌동생의 아쉬움을 읽은 게 자극이 되었다. 어렸을 때부터 육촌동생은 아버지를 따랐다. 아버지를 일찍 여읜 터라 아버지로 모시고 있었을 거다. 육촌동생은 아내를 맞이할 때도 아버지에게 신붓감을 소개했었다.

육촌동생의 어머니, 즉 종이모는 사촌형부를 매우 좋아했다. 아버지도 사촌처제들과 친밀했다. 잔치 때 종이모를 만나서 인사를 하면 인사도 받는 둥 마는 둥 곧장 아버지에게 달려가 반가움을 있는 대로 드러내곤 했다. 젊었을 때라 그런 줄 알았는데 나이가 들어도 여전히 사촌형부를 그렇게도 좋아했다. 가족여행을 할 때마다 종이모에게 연락하자 해도 육촌동생이 말렸다. 종이모가 모르고 있는 편이 낫다고. 그 마음을 알 것도 같았다.

아버지를 일찍 여읜 친척들은 육촌동생이 그런 것처럼 아버지에게 어려운 일을 의논하곤 했다. 아버지가 그 총명함으로 사범학교가 아니라 아버지와 매우 친한 고향 친구처럼 의과대학에 진학했더라면 온 집안이 더 번영했을 것이라고들 했었다. 그랬다면 어머니를 만날 수 있었을까. 집안의 종손도 아니면서, 친족 처족 할 것 없이 함께 지내다시피 하려면 부창부수가 잘 되는 게 기본이지 않은가.

마침 잔치가 열렸을 때 아버지의 뜻을 읽고 고모부가 먼저 형

고향 노마드

제 모임을 가져야 한다고 분위기를 조성했다. 아버지는 왜 이런 모임이 필요한지 목적을 설명해 여러 친척들의 마음을 움직였다. 한 해에 한 번 만나기로 하여 의견을 수렴하니 4월로 결정되었다. 장소는 고향에 가까우면서, 각지에 흩어져 사는 친척들이 비슷한 거리가 되는 곳으로 정했다. 첫 모임에서는 서로 소개하다가 시간을 다 보냈다. 이미 유명을 달리한 큰아버지까지 합치면 아버지 형제자매는 7남매였다. 7남매의 자식들이 26명이었다.

큰아버지의 맏딸과 막내고모의 막내아들은 나이 차이가 30년이 넘는다. 거의 만난 적도 없어서 서로 서먹서먹했다. 사촌형제 모임에 선뜻 오고 싶었을까. 얼굴 한 번 마주치지 못한 사람이 얼마나 많을 것인가. 막내고모가 거의 협박을 했다는 뒷얘기가 들려왔다.

"너희들이 가지 않으면 우리도 참석 안 한다."

그 협박은 주효했다. 친척들 사이에 우애가 워낙 돈독한 것을 아는 터에 자신들의 불참으로 그렇게도 기대하는 모임에 막내고모까지 참석 못하게 만들 수는 없어 마지못해 참석했다. 첫 모임을 가진 후에 삼, 사십대의 동생들이 제안했다. 조금 더 괜찮은 장소에서 편안하게 하룻밤을 보냈으면 좋겠다고. 받아들여졌다. 아버지 항렬은 고문으로 추대했다. 월 회비로 하되 한 해에 한 번만 경비를 지출하기로 했다. 월 회비는 해외에 있거나 병석에 있는 등 사정이 있는 형제를 제외하고 실제로 참석이 가능한 형제만 내기로 했다. 할아버지가 처음 터를 잡아 가정을 이루기 시작했던 숯골마을 이름을 본떠

사촌끼리의 모임을 '숫골회'라 이름 지었다.

아버지가 그랬던 것처럼 모임에서 하는 모든 준비는 자연스럽게 아버지 자식들의 차지가 되었다. 아버지는 그것도 흐뭇해했다. 아버지는 집안 묘원을 조성한다고 몇 해 동안 친척들과 많이도 만났었다. 집안 묘원을 조성하는 데 들어가는 경비 중 상당액을 부담하면서 시작한 일이었다. 당연히 찬성하는 친척도 있었고, 결사반대하는 친척도 있었다. 종손을 움직였다. 종손은 처음부터 찬성이어서 아버지의 큰 힘이 되었다. 같은 항렬, 윗대, 아랫대 할 것 없이 많은 발품을 팔았다. 시간이 많이 걸리자 처음에 찬성했던 친척들도 아버지에게 굳이 그럴 것 있겠느냐고 아버지를 말리며 아버지의 기운을 뺐지만 결국은 묘원이 조성되었다. 온갖 고생 끝에 정작 묘원이 조성되자 반대했던 친척들까지 묘원에 묻히고 싶다고 소원했다. 다른 지역에 있던 무덤을 이장하는 법석도 떨었다.

진작 그랬으면 묘원을 더 크게 조성했을 텐데.

아버지의 반응이었다.

서로가 인사는 했지만 한 번 만나서 다음해에 기억하는 것은 무리가 따를 것 같아 명찰도 만들었다. 명찰 형식은 1-1-1부터 시작되었다. 첫 번째 1은 큰아버지를, 둘째 1은 큰집 남매들 사이의 서열을, 마지막 1은 사촌들 간의 서열을 뜻했다. 1-1-1이 모임의 회장을 맡고 맏언니는 총무를 맡았다. 1년에 한 번만 만나는 데도 세 번째 모임부터는 굳이 명찰을 보지 않아도 서로를 알게 되었다.

　　　　　　　　　　　　　　　고향 노마드

이 모임의 매력은 게임에 있었다. '세대피아드'라 이름을 붙였다. 걸을 수만 있다면 선수가 되어, 세 살짜리나 80대 노인도 선수에서 제외되지 않는 게임을 준비했다. 게임 진행은 처음부터 끝까지 막내가 맡았다. 일가친척 중에 불참하는 가족은 많아야 두 집 정도다. 아니 원래 회원보다 더 많은 인원이 참석했다. 사촌형제 모임의 아래 동생들이야 물론 자식들이 어려서 데리고 참석하지만, 사촌형제 모임의 막내보다 훨씬 나이가 많은 아랫대도 참석을 했기 때문에 4대가 어울리는 모임이 되었다. 어떤 해엔 사촌형제들의 숫자와 엇비슷한 숫자의 사촌형제들의 2세가 참석하기도 했다. 각지에 흩어진 친척들이라 접근성을 고려한 장소가 추천될 수밖에 없었다. 그리고 무엇보다 고향 상주와 가까워야 했다. 그래서 애용하는 곳이 문경호텔이다. 문경호텔에서는 숫골회를 몹시 반긴다. 요즘 세상에 이렇게 우애 있는 집안도 있느냐고 감동이다.

게임이 친척들을 참석하게 하는 데 역할을 안 한 건 아닐 거다. 그러나 친척들을 한 자리에 모이게 한 건 고향이 아니었을까. 고향 내음을 한껏 들이킬 수 있는 숫골회였다. 고향을 떠나 먼 곳에 살다가 고단하고 힘들었던 마음일랑 내려놓기로 작정을 하고 참석하는 숫골회였다. 고향이라는 낱말은 그렇게 마음의 빗장을 스스로 열게 만드는 그런 곳이었다. 고향을 찾아다니는 고향 유목민, 노마드였다.

처음엔 안부를 묻고 나면 할 말이 없었다. 자주 만나면 어제 본 드라마도 얘깃거리가 되는데 1년에 한 번 만나는 관계에서는 무슨 말을 해야 할지 난감하다. 그런데 게임을 하면서는 게임 얘기뿐 아니라 살아가는 얘기가 자연스럽게 나왔다. 게임을 하는 공간은 게임을 한다고도 그렇지만 얘기, 얘기, 얘기로 소란을 떨었다.

"왜 날 무시하고 그래?"

느닷없이 굉장한 고함 소리가 들렸다. 시선이 소리를 향하다가 이내 시선들을 거두었다. 숙부의 사위 최 서방이 술주정을 하고 있었다. 최 서방은 어디선가 무시당한 아픔이 있는지 술이 좀 과하다 싶으면 꼭 왜 무시하느냐고 고함을 쳤고, 끝내는 울음을 터뜨렸다. 최 서방이 저렇게 술주정을 하는 이유가 있느냐고 물었지만 아무도 그 이유를 모른다고 했다. 최 서방은 술을 마시지 않으면 입에서 곰팡이가 핀다고 할 정도로 말이 없었다. 사촌들끼리 만나서 인사를 할 때도 최 서방은 고개를 숙이면서 웃음을 지으면 끝이었다. 먼저 말을 건네는 법도 없었고, 물어도 예, 아니오라는 단답형이어서 마음을 읽기가 어려웠다. 이 과묵한 사람이 숫골회에서 윷놀이를 할 때는 그 누구보다 적극적이었다. 윷가락을 던지는 것은 현란한 춤 사위였고, 윷말을 쓸 때도 좌중을 압도했다.

"최 서방은 여기 데리고 오지 말랬는데. 숫골회라면 먼저 나서서는 꼭 저 야단이네."

숙모가 진저리를 쳤다. 최 서방의 술주정은 집안에 소문이 나 있었지만, '최 서방, 형부, 형님' 하면서 큰아버지, 고모, 친사촌, 고종사촌 등 온갖 관계로 얽힌 숫골회 사람들 배려 속에서 최 서방의 술주

고향 노마드

정은 고약함으로 악명을 떨치기는커녕 숫골회의 정기 공연쯤으로 여겨졌다. 이런 식이었으니 여섯 시에 저녁을 먹는 것으로 모임이 시작되는데 세 시만 되면 몇 집을 빼고는 거의 다 모였다. 특히 고문 세대와 같이 움직이는 형제는 고문들의 재촉 때문에 무조건 일찍 나서야 한다고 짐짓 않는 소리를 했다.

아버지가 세상을 떠난 다음해는 게임 시작 전에 모두 함께 특별히 아버지에 관한 영상을 보았다. 막내 작품이다. 막내는 도착하면서 헤어질 때까지 촬영을 하여 다음해 숫골회 때면 공식적인 시작 시간이 될 때까지 영상을 띄웠다.

"막내 동생이 만든 아버지 관련 영상입니다. 어젯밤 막내 동생의 꿈에 아버지가 웃는 모습으로 나타나셨답니다. 모두를 울적하게 하려고 영상을 만든 것이 아니고 아버지를 이렇게 보내드리자는 의미로 준비한 것입니다. 아버지가 막내 동생의 꿈에 웃는 모습으로 나타나신 것도 우리 모두가 예전처럼 즐겁게 지내라는 아버지의 뜻이었을 겁니다."

맏언니가 영상이 끝난 뒤 이런 말을 했다. 추모 시간이 아버지를 위해서만 있었던 것은 아니었다. 나라에서 4월에 큰 사고가 일어났던 해는 모임이 시작되자 제일 먼저 그들을 위해 추모 묵념을 했었다. 게임은 곧 시작되었다. 게임을 하는 도중에 장례식 때 못했던 아버지 얘기를 친척들과 끊임없이 나누었다. 참석한 모두가 그렇게 아버지를 추모하고 있었다. 자식들은 이런 시간을 통해서 어머니가 아버지의 부재를 받아들이기를 고대했다. 고모는 게임을 하다가도 6남매와 마주치기만 하면 눈물을 지어서 고모를 말리느라고 혼이 났다. 고모가 눈물을 보이면 어머니는 어떻게 하라고. 어머니와 함께 하는 곳에서는 마음껏 슬퍼하지도 못했다는 것을 고모라고 모르겠는가.

아버지가 떠난 뒤에도 어머니는 숫골회를 기다린다. 친척들이 어머니를 볼 때마다 어머니의 자식들 덕분에 즐겁다고 인사할 때 흐뭇한 미소를 짓는다. 아버지가 힘을 써 만들었고, 자식들이 앞장서 이끌고 있는 친척 모임이다.

아버지는 노인정 이용을 많이 했다. 퇴직을 한 후 학교 대신 출근처로 삼은 곳이 노인정인 것 같다. 아버지가 노인정을 드나들기 시작하고 오랜 시간이 지나지 않았을 때 마침 노인회 회장을 하던 사람이 이사를 가 버렸다. 아버지에게 노인회 회장을 맡으라고 했다. 아버지는 노인회 재정 규모며 회원 동향을 파악하고 나서 결정하겠다는 신중한 자세를 보였다. 아버지가 노인회 회계 장부를 검토하다가 잘못된 회계를 곳곳에서 발견하게 되었다. 아버지의 분노를 어머니가 감당할 길이 없어 도움이 필요하다고 작가 딸을 불렀다. 어머니가 지은 밥은 조금만 된밥이어도 안 되는 아버지지만 어쩌다 맏언니가 밥을 해야 할 때면 된밥이든 죽밥이든 아버지에겐 무조건 맛있는 밥이 되었고, 밥에 돌이 버걱 씹히더라도 인상 한번 찡그리지 않는 아버지였으니까. 어머니의 호출은 주효해서 아버지

고향 노마드

는 차분히 상황을 정리한 후, 회장이 아니라 총무를 맡았다.

아버지는 가족 여행을 다녀온 뒤 노인들에게 좋은 곳이라 여겨지면 얄팍한 노인들의 주머니를 털지 않고도 여행을 다녀오도록 주선을 했다. 아버지의 리더십과 추진력을 본 노인회 회장이 모든 운영을 아버지와 의논했다. 아버지의 뜻이 있어야 노인회가 그 방향으로 움직인다는 것을 노인들은 금방 알아차렸다.

"대문 밖이 저승인데, 이리 좋은 곳을 두고 어찌 갈꼬."
노인들은 노인정을 집보다 편하게 여겼고, 재미있어 했다. 아버지의 준수한 외모와 청렴한 공금 사용과 점잖은 태도에 이내 안노인들로 이루어진 아버지 팬클럽이 만들어졌다. 가까운 곳에는 버스 대절 없이 승용차만으로 이동할 때가 종종 있었는데 아버지가 운전하는 차에는 안노인들이 앞을 다투어 자리를 잡는다고 소문이 났다.

"아버지 차에 여자친구들이 그렇게 몰린다는데, 엄마 괜찮아요?"
아버지 단속 잘 하라고도 하고, 어머니도 노인정에 드나들어야 한다고 주의도 주면서 어머니를 마구 놀려댔다. 어머니가 미소를 지었다. '그런 사람의 아내가 바로 나 아니냐'하는 여유가 묻어났다.

"아버지, 여자친구들 단속 좀 하셔야 되는 거 아니세요?"
선진이가 아버지를 짓궂게 몰아세우기도 했다. 아버지는 노인정 관리도 확실하게 했다. 문을 열고 닫는 시간이 정확했다. 종이 치면 수업을 시작하고, 또 종이 치면 마치는 생활이 40년을 훌쩍 넘긴 때문인가. 아버지가 기력이 쇠해 다른 사람에게 관리를 맡겼을 때 아버지의 노인정 관리는 더 빛이 났다. 여러 해 아버지에게 길들여진 노인들은 더 이상 좋은 곳에 여행을 다녀올 수도 없고, 들쭉날쭉한 노인정 개폐도 불편하고, 꼭 아버지 주머니에서 비용을 보태는 것처럼 넉넉하던 노인회 운영비였는데 경비 부족으로 무엇을 할 수 없다는 얘기가 나돈다는 얘기가 심심찮게 어머니 귀에 들려왔다.

'우리 영감님 같은 사람이 어디 있다고.'

어머니는 이런 심정으로 노인정에 관한 얘기를 들었을 것이다.

어머니는 아버지가 다시 노인정을 관리하게 되면 노인들에게 점심을 한 턱 내라고 자식들에게 일렀다. 아버지 건강을 염려해 준 보답으로. 이건 아버지 뜻을 어기는 일이긴 했다. 노인정에 가끔 외지에 사는 자식들이 보내는 먹을거리로 잔치를 벌이는 일이 있었다. 아버지는 그러길 원하지 않았다. 아버지는 자식들에게 부담을 지우면서까지 그렇게 하지 않아도 되도록 노인정을 관리했다. 어머니는 곧 아버지가 다시 노인정을 관리할 것으로만 여겼다. 노인정 회계 장부를 보고 너무도 정리가 잘 되어 있어 시청 직원들이 탄복을 했다는 얘기를 되풀이하면서.

어머니와 선일이는 아버지가 떠난 뒤 달력을 보고 깜짝 놀랐다. 아버지는 새해 달력을 벽에 걸어놓을 때 기억해야 할 생일이며 기일이며, 온갖 집안일을 기록해 두었다. 그런데.

"아버지가 떠나신 그 달부터는 아무 것도 기록되어 있지 않아. 아버지는 언제쯤 이 세상을 하직할지 아셨나 봐."

고향 노마드

어머니는 달력을 넘기면서 통곡을 했다.

　어느 날 어머니와 함께 잠을 청할 때였다.

　"작가 딸아, 센닌바리라고 아니?"

　"알아요, 엄마. 전쟁터로 가는 남편이나 아들이 무사히 돌아오길 기원하는, 일종의 부적 같은 거 아닌가요."

　"넌 작가라서 모르는 게 없구나. 아버지가 입원해 계실 때 내가 센닌바리를 만들었으면 아버지가 그렇게 빨리 세상을 떠나지는 않으셨겠지!"

가슴이 철렁 내려앉았다. 아버지가 세상을 떠난 게 어머니 탓이라고 자책하고 있었다.

　"센닌바리가 일본 것이라서 효과가 없었을지도 모르겠네."

　"엄마, 그런 일이 일본에서만 있었던 건 아니에요. 천 명이 바느질 하는 센닌바리와는 전혀 다른, 천 명이 발로 밟은 보약인 천인답千人踏에 대한 이야기가 우리나라에 있었어요."

　"천인답? 천명을 먹여 살리는 전답이냐?"

　"하하! 엄마, 전답이 아니에요. 회충을 한자로 고蠱라고 하는데 목구멍으로 통해 그것이 입으로 올라오면 옛사람들은 저주를 받은 큰 병으로 여겼어. 치료 방법이 동의보감에 나오는데 그 한약 이름이 천인답이에요."

결국 천 명이라는 것은 많은 사람의 정성을 모은다는 의미가 아니겠는가. 어머니가 천 명이 아니라 헤아릴 수 없는 사람의 마음을 모두 합한 정성으로 아버지와 함께 했으니 센닌바리를 만든 것과 진배없노라고 어머니를 위로했다. 말끝에 어머니 손을 꼭 잡았다. 어머니 손은 거칠고 건조했지만 한없이 따뜻했다.

"엄마, 아버지가 많이 그리우시지? 그래도 아버지가 꿈에 나타나서 '여보, 빨리 이리 와.' 하시더라도 아버지 손을 덥석 잡고 따라가시면 안돼요. 절대로 그러시면 안돼요."

절로 눈물이 뺨을 적셨다. 어머니가 손을 빼서 작가 딸의 등을 토닥거렸다. 그래도 마음이 놓이지 않았다.

"엄마, 엄마 아들 선일이는 엄마 안 계시면 못 살아요. 선일이 저 때문에 아버지가 마음 고생하셔서 건강이 나빠졌다고 맨날 죄스러워하는 거, 엄마 알고 계시죠?"

고향 노마드

사
다
요
시
의　귀
향

굳이 선일이가 그러고 싶어 해서 상주에 하루 전에 도착하여 선일이를 기다렸다. 어머니와 여행을 떠나기 전의 설렘을 마음껏 나누면서.

"엄마, 기분이 어떠세요. 나쁘지 않죠?"

"나쁘다니, 그럴 리가. 아들하고 작가 딸하고 같이 가는데."

"73년 만에 태어났던 고향에 가는데 설레겠네, 우리 엄마."

"고향 간다고? 사람들한테 아들딸하고 해외여행 간다고 자랑했는데."

자식들과 73년 만에 일본 여행을 하는 어머니는 귀향인지 해외여행인지 규정짓지 못했다.

"귀향이면 어떻고 해외여행이면 어때요. 불안한 건 아니죠?"

사다요시의 귀향

"응. 너도 소설 쓴다고 일본에 몇 번 다녀왔지, 선일이도 일본 출
    장을 밥 먹듯이 하지, 너희들과 같이 가는데 뭐가 걱정이겠니.
    선일이는 일본말도 잘 하잖아."
열 살 때 일본에서 귀국 후 첫 해외여행이라 어머니가 어여쁘게 차
리고 길을 나섰다. 어머니의 물건은 최소한으로 챙기면 되었기에 어
머니의 짐은 초등학생이나 가지고 다닐 조그만 캐리어로 해결했다.
    선일이가 와서 공항으로 가려고 고속도로를 달리는데 어머니
가 훌쩍이기 시작했다.
    "엄마, 감기 걸리셨어요? 약이라도 챙겨 가야 되는 거 아닌가."
어머니는 들은 척도 하지 않았다. 어머니는 숫제 흑흑거리고 울었
다. 남매단톡방에서는 어머니의 일본 여행이 벌써 시작되었다고 팡
파르를 울리고 있었다.
    "몇 해만 더 살다 가시지. 영감님이 이 길을 같이 갔으면 좋아하
    셨을 텐데……."
어머니 울음에 섞여 아버지 얘기가 나오고 있었다. 선일이는 굳이
개통된 지 오래 되지 않은 상주영천고속도로를 선택해 달리고 있었
다. 선일이는 이 새로운 길을 어머니에게 보여 주고 싶었을 것이다.
어머니는 이런 길을 아버지가 보았으면 하고.
    아버지가 유명을 달리한 후에야 어머니는 전해 들었다.
    "참, 별나빠졌지. 오빠가 해외여행 안 가신 게 비행기 타기 싫어
    서였겠수. 형님이 멀미도 하지, 입맛은 또 얼마나 까다롭수. 오

빠가 포기하셨지."

보편적인 즐거움이 된 해외여행을 아버지가 단 한 번도 다녀오지 않은 그 이유를 아버지가 세상을 떠난 후에야 알게 된 어머니였다. 어머니는 그 사실을 왜 이제야 얘기하느냐고 고모를 원망했다. 어머니는 그것도 모르고 비행기 타는 걸 아버지가 몹시 싫어하는 줄로만 알았다. 아버지가 항상 그렇게 의사를 표현하였기에. 여행을 그리도 좋아한 아버지가, 얼마든지 해외에 다녀올 수 있었던 아버지가 못가 본 해외에 아버지가 저세상으로 떠난 뒤에 어머니 홀로 자식들과 가고 있다니.

아버지가 먼 길을 떠난 후 어머니의 노래는 '봄날은 간다'에서 '해운대 엘레지'로 바뀌었다.

특히 어머니는 '언제까지나 언제까지나 헤어지지 말자고'를 힘주어 불렀고, 중간 소절을 생략하는 때는 있어도 '그때 그 시절 그리운 시절 못 잊어 내가 운다'를 꼭 노래했고, 노래한 뒤에는 한숨을 크게 쉬면서 '그때가 좋았다'라는 말을 덧붙였다. '그때 그 시절' 소절은 앞부분 없이도 밥 먹는 횟수만큼이나 자주 불렀다. 아버지와 함께 한 60년 세월 중 그때는 언제일까. 어머니에게는 60년 모두가 그때일 것이리라. 가끔은 2절 끝자락인 '정든 백사장 정든 동백섬 안녕히 잘 있거라'를 어머니가 노래 불렀다. 어머니가 동백섬을 노래했을까. 어머니의 동백섬은 아버지와 함께 한 화순이고 밀양이고 제주도일 것이지만 아는 척 할 수도 없는 일이었다.

맏언니도 국민학생이던 그때, 젊은 어머니는 기차에서도 눕지 않으면 안 될 정도로 멀미가 심했었다. 가족이 살던 도시 대구에서 고향 상주까지는 아무리 어머니가 잘 걷는다 해도 걸어서는 가기 어려운 곳이었다. 이백 리가 훨씬 넘는 거리를 걸어갈 수가 없어서 훗날 비둘기호로 이름이 바뀐 완행열차를 이용해야만 했었다. 누울 수 있는 교통수단이 완행 기차밖에 없었다. 서울에서 부산까지 10시간 정도밖에 걸리지 않는 초특급 열차 통일호는 고향 쪽으로 운행되지 않았기에 선택의 여지도 없었지만. 기차를 타기 전의 설렘은 KTX로도 어림없다. 먼 나라로 떠나는 비행기를 기다린들 그 시절 완행열차만 하랴.

기차에서 갈탄난로를 피우던 그 시절, 마지막 칸은 그조차도 제대로 피워지지 않을 때가 종종 있었다. 승객이 적으니 마지막 칸을 비울 목적이었던 것 같다. 어머니는 승객이 없어 비어 있는 자리에 누워서야 목적지까지 갈 수 있었다. 춥긴 해도 멀미가 나지 않는다고. 그랬던 것이 손주를 보면서 곧잘 멀미와 싸우기 시작하더니 세월이 흐르면서는 심지어 고부랑길 버스 여행에서도, 비행기나 배를 타도 멀미를 거의 하지 않았다. 아버지가 운전하는 승용차로 워낙 다녀서 그런지도 모른다. 어머니가 확실하게 멀미를 정복할 즈음부터 아버지 건강은 그리 좋지 못했지만, 가족여행을 다니지 못할 정도는 아니었다.

엄마가 아버지 생각하며 계속 울고 계심.

남매단톡방에 올리자마자 선진이가 전화를 했다.

"뭐야 작가 언니. 재미있는 얘기 해 드려. 왜 울 엄마 울리고 야
단이야. 엄마 바꿔 줘, 빨리."

어머니에게 휴대폰을 건네자 어머니가 나중에 전화한다면서 받지
않으려 했다.

"엄마, 선진이에게 무슨 일이 생겼나 봐요. 받아보세요."

선진이와 전화를 하는 동안 어머니의 울음이 잦아들었다. 선진이는
과연 선진이었다. 통화가 끝나자 한결 마음이 놓여 어머니에게 물
었다.

"엄마, 선진이에게 좋은 일이 생겼어요?"

"애야, 기영이가 무슨 시험을 봤는데 1등한 모양이더라. 기영이
야 공부를 잘 하니까. 하긴 우리 식구 중에 공부 못하는 사람이
어디 있어야지."

어머니의 울음을 그치게 한 보약은 선진이 아들 기영이었다. 기영
이가 기술사 자격시험 합격은 몇 달 전이었다. 승진을 했나 보다. 축
하할 일이라 선진이에게 전화를 했다.

"작가 언니, 미안하우. 아들 자랑이라니, 나 원 참. 작가 언니가
이해해 주라."

"그게 특효약이잖니. 잘했다, 참 잘됐다. 축하한다고 전해 줘."

"울 엄마가 자랑하는 작가 언니, 일본 여행기 부탁하우."

오사카행 비행기에서 어머니는 퍽 여유가 있었다. 승무원에게 주스

를 달래서 한 잔 들이키기도 했다.

"작가 딸이 먹으니까 나도 먹어 볼란다."

"당연하지. 엄마, 우리가 비행기 표 살 때 주스값도 이미 줬거든요."

어머니가 장난스럽게 웃었다.

"그런데 엄마, 여긴 커피믹스는 없어요."

어머니에게 속삭였다. 어머니는 친척들에게서 들었던 해외여행기를 나지막하게 들려주었다.

오사카 간사이공항에 도착해서 선일이가 일본어로 렌터카를 흥정할 때 어머니는 그지없이 편안해 보였다. 열 살의 사다요시가 떠났던 그 도시에 이제는 50대의 아들이 와서 일본어로 렌터카를 계약하고 있다. 어머니는 자식들에게 들려주는 몇 마디의 일본어 외에는 전혀 일본어를 하지 못했다. 다 잊어버렸다고. 몽땅 다 잊었노라고.

어머니가 아버지를 떠올리며 울음을 터뜨릴까 조마조마하면서 선일이가 빨리 계약을 끝냈으면 할 때 마침 선일이가 직원에게서 차 열쇠를 받았다. 선일이가 다가오는 것을 물끄러미 바라보던 어머니가 선일이에게 물었다.

"선일아, 네가 신은 운동화, 네 거냐?"

"맞아요, 엄마, 아버지 운동화예요. 아버지도 이렇게 일본 여행을 함께 하시는 거지, 뭐. 갑시다, 엄마."

선일이가 경쾌한 목소리로 앞장을 섰다.

"차가 작네."

한문 교실에 오래 다녀서 한자를 잘 읽는 어머니가 '和泉화천 500'으로 시작되는 번호판을 읽는데, 렌터카를 보는 어머니의 표정에 의외라는 빛이 스쳤다. 한국에 두고 온 선일이의 차보다 크기가 훨씬 작았다. 어머니가 살았던 당시의 오사카는 조선보다 월등하게 부유했던 곳이었다는데, 공항에 도착하면서 빌린 승용차를 통해 만난 일본은 한국보다 못했다.

"엄마, 이런 작은 차를 타야 일본 도로를 잘 다닐 수 있어요. 대도시를 벗어나면 일본도로가 대체로 좁거든요."

어머니는 고개를 끄덕이며 차에 올랐다. 어머니는 뒷좌석에 자리를 잡았다.

"선일아, 차가 우리나라하고 다르네. 아이고, 얄궂어라."

운전석이 오른쪽에 있었다.

"엄마, 선일이는 운전하고 나는 선일이 보조. 엄마는 간식 담당이에요."

어머니가 여행하는 동안 피곤하면 쉽게 누울 수 있도록 뒷자리에 홀로 앉게 했다. 어머니는 뒷자리에서 간식 가방을 챙겼다.

칸사이공항에서 오사카 센본도리까지는 그리 멀지 않았다. 73년 만에 찾아온 고향이지만 동네에 들어서자 어머니는 무덤덤했다. 73년 만에 찾아온 그리운 곳이 전혀 아니었다. 어머니의 태도에 적잖이 당황했다. 여기가 어머니의 기억 속에 있는 그곳이 맞는지 어머니가 몇 번이나 물었다. 틀림없다. 어머니가 살았던 곳을 기영이와 함께 선일이가 오랜 시간을 들여 탐색했었다.

大阪市 西成区 千本通 5丁目 28

오사카시 니시나리쿠 센본도리 고초메 니주하치, 대판시 서성구 천본통 5정목 28

어머니는 사다요시로 살았던 집 주소를 한 순간의 머뭇거림도 없이 단숨에 말해 주었다.

73년 전의 주소는 현재 조금 다른 주소로 바뀌어 있었다.

大阪市 西成区 千本南 1丁目 28

천본통 5정목이 천본남 1정목으로 되었다. 어머니의 기억대로 번화한 곳이어서 그랬는지 동네가 많이 확장이 된 것이다.

大阪市立千本小学校

'대판시립천본소학교'라고 학교 명패를 읽고도 어머니는 믿지 못했다.

"아이고, 학교가 이상해졌네."

"엄마, 무슨 말씀이에요."

"옛날엔 제일 먼저 수영장이 보였거든. 지금은 학교가 아니고 호텔 같아. 이상해졌어."

학교가 아니라 호텔 같다고 놀라는 학교 건물은 운동장이 그리 넓지 않은 4층의 디귿자 형태였다. 이상하다는 이름을 붙일 정도는 아니었다. 좁은 땅에 학교 모습을 유지하려다 보면 흔히 나타나는 지극히 평범한 모습의 학교였다.

이상해졌네.

이상해.

학교가 아니야. 너무 이상해졌어.

어머니의 목소리에서 세월이 흐른 뒤 첫사랑을 만난 사람처럼 실망하는 모습이 느껴졌다면 지나친 걸까. 학교 건물은 교문과 거의 붙어 있다고 느낄 정도로밖에 떨어져 있지 않았고, 건물 1층 일부가 통로가 되어 운동장 끝까지 눈에 들어오는 구조였다. 교문 앞이 아니면 운동장은 외부의 시선으로부터 상당 부분이 차단되어 있었다.

교문 안 운동장에서 어울려 노는 아이들이 보이건만 교문은 굳게 닫혀 있었다. 닫힌 교문에 '警察官警戒実施中경찰관 경계 실시 중 学校長학교장'이라는 안내판이 붙어 있었다. 닫힌 교문에 바싹 붙어서 철제 교문 틈새로 학교 안을 바라보고 있을 때 안쪽에서 아주머니 한 명이 교문 가까이로 다가와서 무슨 일이냐고 물었다. 선일이가 대답을 하자 약간 서툰 한국어로 재일동포라고 자신을 소개했

사다요시의 귀향

다. 아이들을 보호하기 위해 교문을 닫아둔다고 하면서 학교 안은 출입이 가능하지만 건물 안에는 들어갈 수 없다고 일본어와 한국어를 섞어 말하며 미안해했다.

어머니의 상황을 설명하자, 재일동포 아주머니는 83세의 연세로 이곳을 다시 찾아온 어머니의 건강을 축복했다. 틀림없이 어머니가 이케카와 센세이에게 교육을 받았던 그곳이었다. 재일교포가 그 사실을 한국어로 증언해 주었다. 지금은 수영장이 건물 안으로 옮겨져 있고 2006년에 학교운동장의 시바후카^(芝生化) 모델사업으로 잔디를 깔게 되었다고 묻지 않은 말까지 친절하게 설명해주었다.

"엄마가 건강할 수밖에 없네."

선일이가 웃으며 말했다.

"……?"

"아이들이 학교에 들어서면 제일 먼저, 그것도 저절로 눈에 띄는 게 건강하게 지내라는 것이거든. おはよう 今日も 元気で(오하요, 쿄모 겐키데(안녕, 오늘도 건강하게.)."

어머니가 다닐 때도 있었는지 모르지만 집에 갈 때는 '잘 가, 내일도 건강하게' 표지판을 보며 교문을 나서게 되어 있다.

마침 재일동포가 한 명 더 학교에 찾아왔다. 원래 학교를 지키던 재일동포가 빠른 일본어로 상황을 설명했다. 뒤에 나타난 재일동포가 어머니의 이층집 주소를 보고 위치를 안내해 주겠다고 했다. 어머니의 73년만의 오사카 방문이 그들에게 드라마처럼 느껴진 모양이다. 물론 찾아간 그 주소에 어머니가 기대한 어머니가 살던 이층집은 없었다. 어머니가 그렇게도 되풀이하던 사다요시가 살던 이층집이 있던 자리에서도 어머니는 국내의 어느 곳을 방문할 때만큼의 감흥도 없었다. 어머니의 벅찬 감회를 기대했던 마음이 컸던지 의아함을 넘어 당혹스러웠다.

"여기 안 와 봐도 되는데."

어머니가 낮은 목소리로 혼잣말을 했을 때 선일이는 놀라움을 금치 못했다. 선일이의 표정에 덩달아 고개를 살래살래 저으면서 바라본 어머니의 표정이 몹시 복잡해 보였다.

배가 고팠다.

골목에서 밥집 간판을 찾아 들어간 곳은 겨우 서너 사람이 앉을 만한 아주 작은 식당이었다. 일본에서 만난 첫 식당이다. 밥을 주문했다. 어머니는 입맛이 별로 없어 보였다.

"난 센본고쿠민각코를 보고 싶지 않았어. 괜히 너희들 고생시키며 여기 온 것 같아."

조금 전의 혼잣말 내용을 어머니가 좀 더 뚜렷하게 내비쳤다. 뜻밖의 말을 하고 있었다. 센본고쿠민각코 얘기를 수백 번은 되풀이하지 않았던가. 선일이와 눈이 마주쳤다. 예상치 못한 어머니의 반응이다. 어머니가 밥을 제대로 먹지 못하고 있으니 식당 주인이 한국의 제주도에 다녀온 사람으로부터 받은 선물이라며 조미김 한 봉지를 내놓았다. 밥을 더 줄까 물었을 때 선일이가 대답했다.

사다요시의 귀향

"お腹がいっぱいになりました오나카가 이파이니 나리마시타(몹시 배가 부릅

니다.)"

"배불러요?"

놀랍게도 주인이 한국어로 되물었다. 억양이 독특했다. 주인은 입

맛이 별로 없는 어머니를 걱정하는 아들딸의 모습을 어렴풋이 듣

고 있었다. 식당 주인 덕분에 몹시 유쾌해졌다. 식당을 나올 때 주인

이 따라 나와 배웅하며 큐슈 지역의 명품 과자를 굳이 어머니의 손

에 들려주었다. 동네 주민을 대표해서 73년 만에 귀향한 사다요시

를 환영하는 의미가 있다고 생각하니 가슴이 뭉클해져 왔다. 오사

카 관광을 했다. 어머니가 그리 좋아하는 것 같지는 않았다. 그렇다

고 심드렁하지도 않았다. 자식들이 어머니를 위해 여행을 온 것이

아니라 어머니가 자식들을 위해 동행한 것 같은 기분이 드는 것은

왜일까.

선일이가 갑자기 볼 만한 곳을 안내하겠다며 오사카 외곽으로

차를 몰고 갔다. 선일이가 어머니의 기분을 전환하려고 애를 썼다.

선일이의 노력에도 불구하고 어머니의 기분이 나아지지 않은 채로

저녁이 되었다. 자유롭게 다니려면 숙소를 예약하지 않는 게 좋다

는 선일이의 생각을 따른 것이 이제 와서야 불안해졌다. 어머니가

편하게 밤을 보내야 여행을 계속할 수 있을 것 같아서다. 무작정 어

느 숙소에 들어갔다.

"엄마 덕을 좀 볼까."

"하치주산사이83세."

어머니가 갑자기 일본어로 어머니 나이를 말했다. 선일이가 방이 필요하다며 시골 호텔 직원과 대화를 할 때였다. 직원이 매우 놀라워하며 큰 목소리로 뭐라고 말하고 있었다. 어머니는 그게 건강해서 놀랍다, 축하한다 등등의 말로 알아들었다. 선일이가 고개를 끄덕였다. 어머니가 일본어를 이해한 것은 물론 아니고, 한국에서도 자주 일어나기 때문에 어머니가 짐작한 것이었다. 어머니의 얼굴이 상기되었다. 고와 보였다.

어머니 덕분에 좋은 방을 터무니없이 싼 값으로 이용할 수 있었다. 어머니에게 상황을 설명했더니 다음부터는 여행 내내 숙소에 들 때마다 어머니가 적극적으로 '하치주산사이'라고 나이를 밝혔다. 어머니의 나이를 신호로 선일이가 어머니와 함께 여행 중이라고 설명하면서 깨끗한 방을 싸게 해 달라고 했을 때 예외 없이 그 요구가 받아들여졌다. 일본의 대표적인 번화가인 롯본기에서조차도. 고령 사회인 일본에는 연장자들의 인구가 많아 자연스럽게 경로 분위기가 조성된 것인가.

숙소에 들어갔을 때 평소에 별로 손님이 없는 숙소임이 금방 드러났다. 추웠다.

시간이 지나면 따뜻해지려니 했는데 한 시간이 지나도 훈훈해지지 않았다. 어머니는 이불 속에서도 떨고 있었다. 숙소를 예약해야 했으나, 후회스러웠다. 전화기를 들었다. 여자 목소리가 났다.

사다요시의 귀향

"플리즈……."

하는 순간 무척 당황하는 여자의 목소리가 들리는 듯 했는데 이내 다른 목소리가 이어졌다. 플리즈로 시작했으니 영어로 말할 것이라 생각했나 보다. 금방 객실로 오겠다고 했다. 50대 정도의 여인이 들어와서 무슨 일이냐고 물었다. 여인에게서는 종업원이 아닌 주인의 품위가 느껴졌다. 카운터에서 만난 직원과 분위기가 닮았다. 가족끼리 호텔을 운영하고 있다는 생각이 얼핏 들었다.

조금 알고 있는 영어와 그다지 길지 않은 기간 공부한 일본어를 섞어서 상황 설명을 했다. 어머니가 이불 속에서 말했다.

"사무이데스춥습니다."

잠깐만 기다려 달라고 하던 여인이 다시 나타났을 땐 아직 포장지도 뜯지 않은 물건을 들고 있었다. 포장지를 뜯으니 두꺼운 솜이불이 나왔다. 미안하다고 몇 번이나 인사를 하고 여인이 돌아갔다. 오사카의 첫날밤은 그렇게 저물고 있었다.

다음날도 오사카 관광이 계속되었다. 어머니가 화장실에 갔을 때 선일이가 말했다.

"작가 언니, 아무래도 토쿄로 가야겠어. 엄마가 오사카 관광이 별로 마음에 안 드는 것 같아. 작가 언니 생각은 어때?"

"나도 어떻게 해야 하나 고민 중이었어. 엄마한테 말은 해 보자."

"토쿄로 가서 다시 차를 빌리는 것보다 이 차를 계속 타고 가지, 뭐."

"토쿄까지 멀잖아. 너, 무리하는 거 아냐?"

"가깝지는 않지. 550킬로가 넘을걸. 서울에서 평양까지 가는 거리쯤 될 거야. 급할 거 없으니 놀면서 가면 돼. 일본고속도로 휴게소 음식이 생각보다 맛이 좋거든. 엄마 입에 맞을지도 몰라."

"네가 괜찮으면 나는 찬성."

어머니도 찬성이었다.

"일본까지 와서 제1의 도시 토쿄를 못 보면 섭섭하지. 다른 사람들도 토쿄에 많이 다녀왔던데."

어머니는 적극적이었다. 어머니가 비로소 여행을 즐기기 시작했다. 토쿄에 거의 다 왔을 때 선일이 예측대로 휴게소 우동을 어머니가 맛있게 들었다. 일본이라고 하면 제일 먼저 휴게소 음식이 싸고 맛있다로 기억될 만큼. 승용차를 타고 가지 않으면 보기 힘든 곳에 가는 게 좋겠다며 선일이가 토쿄에서 안내하는 곳이 어디든 어머니는 기분이 몹시 좋아졌다. 오사카에서 보여준 어머니의 태도와 사뭇 달랐다. 힘은 들었지만 선일이가 오사카에서 토쿄로 온 것은 탁월한 결정이었다. 이왕이면 가장 번화한 곳에 숙소를 정하자 하여 간 곳이 신쥬쿠를 지나 롯본기다. 토쿄타워가 보였다. 어머니가 타워에 가고 싶어 했다. 가볍게 산책하듯 걸어서 갔다 오자고 어머니가 제의했다. 왕복 6킬로미터 정도는 가볍게 걸어다니는 어머니였다. 높아서 그렇지 보기보단 멀리 있다고 말려도 어머니는 토쿄타워에서 흥미를 거두지 않았다.

사다요시의 귀향

일단 렌터카를 돌려주기로 했다. 원래 여행 계획은 오사카에서 큐슈 지역으로 가는 것이었다. 어머니를 생각해서 따뜻한 곳으로 여행지를 잡았었다. 그런 것을 갑자기 오사카에서 훨씬 북쪽인 토쿄로 와서 다시 신칸센을 타고 되내려가 큐슈 지역으로 가게 될 줄이야.

토쿄에서 렌터카를 돌려줄 때 문제가 생겼다. 오사카에서 차를 빌렸으니 오사카에서 돌려줘야 한다는 것이다. 15만원을 더 지불하라는 것이다. 선일이가 옥신각신하고 있자, 어머니가 그냥 돈을 더 주고 끝내자고 하다가 금액을 듣고는 본격적으로 시위 자세로 돌입했다. 어머니가 눈을 찡긋 하더니 자리에 드러누워 버렸다. 선일이도 어머니의 의도를 알아차리고 15만원을 지불할 의사가 없다고 버텼다. 회사 측에서 경찰을 불렀다. 경찰도 오사카에 반납해야 한다는 조항을 인지하도록 하지 않은 것은 회사 측 잘못이라는 판단을 내렸다. 선일이는 다른 나라의 렌터카는 그 나라 어느 지역에 돌려줘도 관계없다는 것을 강조했다. 결과는 3인조 여행객의 승리였다.

기분이 상쾌해진 어머니는 토쿄타워에서 거의 어린애가 되었다. 사다요시였을지도 모른다. 빨간 겨울 외투를 입고, 털모자를 쓴 어머니는 너무도 들떠 있었다. 토쿄타워가 두고두고 얘깃거리가 된 것은 토쿄타워에서 선일이 신발 밑창이 떨어졌기 때문이다. 아버지도 함께 여행한다는 상징으로 신고 온 아버지 신발이었다. 마침 신주쿠가 가까웠기 때문에 거리도 구경하면서 쉽게 운동화를 사서 해결할 수 있었지만, 선일이는 굳이 밑창이 떨어진 헌 운동화를 버리지 않고 챙겨 두었다. 아버지 운동화는 몇 번 신지 않은 새것이었는데도 여러 해 신지 않고 보관만 해서 생긴 일이었다. 아버지가 기력이 쇠할 때 산 운동화라 많이 신지 못했다. 아버지는 그즈음 거의 슬리퍼를 애용했다. 새 신발이어도 신지 않고 보관만 하면 삭아버린다며 운동화 얘기가 나오면 누군가 되새기곤 한다.

다음날, 지하철과 신칸센을 이용해 큐슈로 갈 예정이었다. 조그만 초등학생용 캐리어를 끌고 가는 빨간 외투를 입은 어머니는 선일이 뒤를 따라 너무나 재바르게 움직였다. 익숙한 태도로 지하철을 잘도 이용하는 어머니는 담임교사를 따라 '하나둘, 셋넷, 참새, 짹짹' 하는 갓 입학한 초등학생이었다.

지하철에서 내려 신칸센을 타려고 기다릴 때였다.

"노리카에네갈아타네, 乗り換えね."

"엄마, 뭐라 하셨어요?"

어머니가 혼잣말을 하기에 물었다. 어머니가 화들짝 놀랐다.

"작가 딸아, 나도 모르게 내가 일본말을 했어."

그러고 보니 어머니가 첫날 숙소에서도 춥다고 일본말을 했었다. 그땐 무심코 지나쳤었다. 그때부터 어머니가 가끔 일본어를 말하기 시작했다. 73년 만인데. 신기하기 짝이 없었다.

큐슈 지역에 도착했을 땐 제일 먼저 나가사키에 갔다. 어머니

사다요시의 귀향

가 오사카로 전학가기 전에 학교를 다녔던 곳이다. 나가사키에 대한 기억은 1학년 1학기만 담임했던 일본인 교사가 눈물을 지으면서 어머니의 전학을 아쉬워했다는 것뿐이다. 그럴지라도 어머니의 기억 한편을 차지하고 있는 나가사키다. 토쿄에서 큐슈 하카다까지 5시간 이상을 신칸센으로 달려온 하루였다. 신칸센은 어머니가 어렸을 적에 익히 들었던 도시들을 통과했다. 어머니는 가타가나와 히라가나를 읽을 수 있었다. 어머니는 다섯 시간 동안 단 한 번도 졸거나 잠들지 않았다. 틀림없이 호기심에 가득한 어린 사다요시가 이런 모습이었을 것이다. 하카다에 내려 다시 렌터카를 계약할 땐 토쿄 경험을 살려 후쿠오카에 렌터카를 반납해도 되는지 확인했다. 다행스럽게도 어머니가 또 다른 곳에 차를 돌려줄 일은 없느냐고 물었다. 선일이가 어머니를 안심시켰다.

　나가사키를 둘러보는 동안 어머니는 고단해 보였지만 여전히 씩씩했다. 여유가 생겨 저녁밥을 먹으러 호텔 밖으로 나왔다. 길 건너편에 우동 전문집이 보였다. 어머니가 우동을 좋아하여 망설임 없이 우동 전문집으로 들어갔다. 마침 줄을 서 있는 손님이 없어서 떠들어가며 카페테리아식으로 한 끼 우동을 골랐다. 튀김도 있기에 어디에 담을까 두리번거리고 있을 때 누군가가 튀김거리용 접시를 주어 즐겁게 계산을 마쳤다. 탁자로 음식을 가져가면서 보니 일본인들이 저만치서 미소 지으며 줄을 서 있었다. 한국인들이 익숙하지 않은 솜씨로 마음껏 고민하면서 음식을 주문할 수 있도록 그들이 기다려 준 것이다. 다시 한 번 일본인들의 친절과 마주치는 순간이었다. 멀찌감치 서 있다가 한국인들이 계산을 마치고 식탁으로 옮겨갈 때쯤 그들이 진열된 음식 앞으로 이동했다. 그러고 보니 튀김을 어디에 담을까 두리번거릴 때 접시를 가져다 준 사람도 그들 중의 한 사람이었던 것 같다. 그쪽 방향에서 갑자기 접시가 나타났던 걸 기억해냈다. 그들에게 가볍게 목례를 했다. 73년 만에 고향을 찾은 어머니를 환영하는 일본인들로 여겨졌다. 여기고 싶었다.

나가사키에서 하룻밤을 묵었다.

나가사키에서 하룻밤 묵은 숙소도 가족이 운영하고 있었다. 그들은 투숙객을 보면서 가족이냐고 물었다. 어머니는 얼른 나서서 '하치주산사이'를 어김없이 외쳤다. 카운터의 여주인이 웃음 띤 얼굴로 한참이나 무슨 말인가를 했다. 선일이가 굳이 통역하지 않아도 알만한 내용이었다. 다음날 뷔페식 아침밥은 한국에서 준비한 조미김이 필요 없을 만큼 어머니가 들기 좋은 음식 종류가 많았다. 어머니는 단무지가 일품이라고 칭찬했다.

토쿄 근처 치바현의 찻집도 떠올랐다. 모자母子가 운영하는 작은 찻집에서도 어김없이 한국에서 온 세 여행객의 사연이 소개되었다. 커피를 내온 사람은 84세의 노인이었다. 불편해 보이는 걸음이었다. 어머니가 마시지 않는 블랙커피가 탁자에 놓였다. 어머니의 인상을 보고 노인이 다시 차를 내왔다. 어머니는 녹차도 좋아하지 않았다. 오직 믹스커피였다. 어머니는 어머니보다 나이가 많은 노인의 시중이라 마음이 편치 못했으나 정중한 모습으로 대우를 하는 노인에게 정중하게 그 노인의 차 시중을 받고 있었다. 어머니가 마시는 시늉을 하며 노인에게 고맙다고 연거푸 인사를 했다. 마음이 따뜻해졌다. 주인은 찻값도 받지 않겠다고 했다. 선일이가 조미김 한 세트를 주인 모자에게 건넸다. 한글과 한자가 씌어 있어 한국산임을 금방 알 수 있는 선물이었다.

유후인에서는 2인분의 음식 주문을 하면서 1인분은 밥만 주문하자 주인이 빈 접시를 내놓았다. 한국인 여행객이 빈 접시에 김을 놓고 먹을 줄 주인은 짐작하고 있었다. 한국에서 온 노인에 대한 일본인들의 반응은 친절 이상의 그 무엇인가가 있었다.

큐슈 남쪽 이부수키에서 검은모래 찜질^{쑤나무시}을 할 때 만난 검소한 차림의 노부부와 나눈 정담은 두고두고 가슴이 따뜻해진다. 선일이는 그 일본인 부부의 바깥노인과 함께 남자용 입구로 들어가고 모녀는 안노인을 따라 찜질 건물 안으로 들어갔다. 안노인이 쑤나무시를 하러 온 다른 사람에게 한국인 모녀의 사연을 소개하여 그들도 합류했다. 손짓과 표정의 도움을 받아 어머니가 어쩌다 생각나는 일본어 낱말로 안노인이며 다른 일본인들과 의사소통을 했다. 어김없이 어머니의 '하치주산사이^{83세}'도 등장했다. 한국 노인의 일본방문에 대한 그들의 친절한 태도를 하도 여러 번 겪은 터라 그들의 표정과 반응만으로도 무슨 얘기를 하고 있는지 짐작할 수 있었다. 국적을 넘어 완벽하지 않은 한국어와 일본어가 섞여 모두들 유쾌하고 즐겁게 어울려 지냈다. 그러고 보니 오사카 센본고쿠민각코를 볼 때 무덤덤했던 어머니는 일본 곳곳에서 일본 노인들의 환영으로 '귀향'의 의미를 만끽하고 있었다.

전라도 영암의 왕인박사 유적지도 어마어마한 규모로 조성해 두었는데 큐슈 사가현에도 왕인신사가 있었다. 선일이는 챙겨 놓은 아버지 운동화를 왕인신사 숲속 큰 나무 밑에 가지런히 놓아두었다. 아버지의 신발이라도 왕인신사 인근에 쉬게 한다는 선일이의 의지다. 밑창이 망가진 아버지의 운동화는 토쿄에서 신칸센을 타고 와서 왕인신사에 머무르게 되었다. 오래 전 왕인 박사가 아직 깨이지 못한 사람들에게 문화를 전하러 온 뜻을 기렸다.

선일이는 미야자키현 니치난시에 자리한 우도진구鵜戸神宮(제호신궁)가 제일 기억에 남는다고 했다. 우도진구에 가기 전 해변에서 거대한 연흔을 만났다. 바다가 넓은 바위에 일구는 밭이랑처럼 고랑이 난 너럭바위 풍경은 정답고 신기했다. 도깨비 빨래판이라는 별명이 붙은 곳이다. 그 규모에 입이 딱 벌어졌다. 아름다웠다. 어머니는 이제 일본 여행이 국내 여행만큼 익숙해지고 있었다. 어머니가 바위 동굴 안에 지어진 우도진구의 본당 건물을 보고 감탄에 또 감탄을 했다. 어머니의 감탄이 끊이지 않았으니 선일이가 기억하는 줄 알았다.

선일이가 가끔 일본 출장 기간이 길어지면 여행을 하곤 했는데 그때 찾아다닌 곳이 일본신사였다. 박혁거세를 신으로 모시는 신사神社가 2,000개가 넘는 일본, 일본 신사 중에는 '신라국신新羅國神'의 존재를 바위에 새겨 놓은 곳도 있었다. 신라를 신국이라고도 일컬었는데 일본의 여러 신사에서 신라의 흔적을 찾을 수 있어 놀라웠다. 한국의 사찰을 찾아 건물을 눈여겨보기 시작한 것은 일본의 신사를 찾고부터였다. 불교 측에서 의도했든 하지 않았든 한국의 사찰에서 한국의 고유문화를 많이 보존하고 있는 현장을 확인했다. 빡빡머리가 마음에 들지 않아 무조건 배척했던 불교가 종교로서가 아니라 우리 민족 고유문화의 지킴이로서 선일이의 가슴에 들어왔다. 일본의 신사를 둘러보는 어머니의 감탄 속에 숨어 있는 우리 민족 문화에 대한 자극도 한몫을 하려나.

어머니가 천천히 우도진구 본당을 둘러보는 동안 바닷가에 있는, 오랜 침식활동으로 파도가 만들어 놓은 기기묘묘한 구멍 난 바위들을 보며 선일이가 말했다.

"작가 언니, 엄마는 어떤 면에서 오사카가 싫었을지도 모르겠어요."

"왜 그런 생각을?"

"오사카는 엄마가 가장 행복하고 즐거웠던 시간이기도 하잖아. 엄마의 생애에서 오롯이 엄마 당신의 삶을 사셨던 화려한 시기였어. 꿈속의 아름다움이 현실을 바라보는 순간 달아났을 거야."

선일이의 목소리가 잠겼다.

"선일아, 네가 무슨 얘기를 하고 싶은지 알 듯해. 엄마는 단 한

번도 그런 말을 한 적이 없었지만 중단된 공부에 한이 맺혀 있을
거야. 전쟁을 두 번이나 겪으셨어."

거기까지 얘기했을 때 어머니가 가까이 다가왔다. 참, 신기한 곳도
다 있다면서.

한국 노인을 친절하게 도와주었던 일본 노인들 모두가 마치
일본의 유적지에 남아 있는 우리민족의 문화유산인 것처럼 뇌리를
스쳤다. 한국으로 돌아오는 비행기 안은 어머니의 첫 해외여행의
의미가 출발 때보다 자못 커져 있었다.

어머니가 쉬겠다며 복도 쪽의 자리를 선택하는 바람에 선일이
가 창측 자리를 차지했다. 어머니가 살풋 잠이 들자 기창 밖을 바라
보며 선일이가 말했다.

"작가 언니, 난 왜 나이가 들어도 이 모양일까."

누나에게 언니라고 부르는 선일이의 버릇은 여든까지 갈 것 같다.

"……."

"엄마를 위해서 일본 여행을 간 게 아니야. 우리를 위해서 엄마
가 여행을 가 주신 거야."

오사카 센본고쿠민각코에서 선일이와 같은 생각이 스쳤었다.

"……?"

"엄마가 화려했던 일본살이를 하도 얘기하기에, 그런 얘기를 들
을 때마다 못난 내 모습이 두드러지기에, 엄마의 그리운 곳을 다
녀온다는 핑계로 내가 편해지려 했던 것 같아."

사다요시의 귀향

"네 얘기를 들으니 나도 그랬네. 다 우리가 부족해서지."

"작가 언니도 말했다시피 엄마는 단 한 번도 어머니 삶이 달라 졌으면 하고 바란 적이 없으시잖아. 대학 공부를 했다면, 다른 사람과 결혼했다면, 누구를 낳지 않았다면…… 그런 말을 들어 본 적이 없었어."

"엄마는 언제나 우리 자랑뿐이셨어, 선일아."

"바보 같이. 작가 언……, 누나, 난 왜 맨날 내 생각만 하고 다닐 까. 일본 여행을 떠나려고 현관을 나올 때 엄마가 그러시잖아."

- 선일아, 누가 뭐래도 내겐 네가 최고다. 까짓것 나라 따위 신경 쓰지 마라. 기죽으면 절대 안 된다.

선일이가 어머니 집으로 공항에 세워두었던 차를 몰았다. 사정이 여의치 못해 남매들끼리 한 약속을 지키지 못하고 선일이와 같이 어머니 집을 나섰다. 어머니를 홀로 두고 선일이와 함께 어머니 집 을 나올 땐 어머니와 영영 헤어지는 것처럼 마음이 아팠다. 선일이 가 배웅을 위해 운전석에 다가왔을 때 수고했다며 선일이 손을 잡 자 선일이가 울음을 터뜨렸다. 그렇지 않아도 억지로 눈물을 참고 있었는데 선일이의 울음이라니. 나오려던 눈물이 오히려 자취를 감추었다. 틀림없이 14층 베란다에서 어머니가 내려다보고 있을 것이다.

"선일아, 누가 뭐래도 넌 이 누나의 자랑이다. 까짓것 나라 따위 신경 쓰지 마라. 기죽으면 절대 안 된다."

선일이가 씨익 웃었다.

출발하기 전에 14층 어머니를 향해 크게 손을 흔들었다.

운전을 하는 내내 어머니와 선일이와 함께 한 일본 여행을 곱씹었다. 제주도 김을 선물로 주던 센본도리 마을 식당에 어머니를 모셔다 둔 듯한 기분이 들었다. 박사다요시는 고향을 찾은 것일까. 아니 한국인 박정숙임을 일본 여행에서 확인했던 것일까.

- 끝

작가의 말

아버지가 떠나신 후에야 비로소 아버지가 어머니의 우주였음을 알 았습니다. 아버지 계시는 동안 아버지 어머니의 우주는 오롯이 자 식들이라는 믿음에 추호의 흔들림이 없었지요. 아버지 어머니는 자 식들에게 오랜 시간 그런 생각을 심어주셨습니다. 그렇지 않았습니 다. 아버지가 저세상으로 떠나실 때 어머니 삶의 고갱이도 아버지 를 따라 이승을 떠났음을 새록새록 느낍니다.

어머니가 당신의 어린 시절을 되새기는 것이 아버지와 함께 하신 시간을 돌이키려는 어머니의 전초전이었을지라도 그 때로 돌 아가고 싶습니다. 이즈음 어머니는 아버지와 함께 하셨던 자식들의 어린 시절에 머물러 계시곤 합니다.

– 아버지가 너희들이 잘한다고 그렇게도 좋아하셨지.

어느 선배가 말했습니다.

"후배 당신이나 나나 부모님을 극진히 모시지는 않았지 않나?"

극진히 모시는 자식들 앞에서는 부모님이 언제나 당당하시지만, 그 렇지 않은 자식 앞에서는 당신들이 폐가 될까 전전긍긍하신다는 뜻 이었지요.

그렇더군요.

어머니는 기어코 아버지와 함께 했던 공간을 홀로 지키겠노라 고집하고 계십니다. 여전히 자식들에게 폐가 될까 맑은 정신으로 염려하시는 어머니를 뵈며 눈시울이 뜨거워집니다.

어머니 얘기를 하며 어쩔 수 없이 아버지를 되새겼습니다. 손주들과 자식들의 경제력으로 어머니의 얘기를 세상에 펴내자고 뜻을 모았습니다. 꼭 그래야만 할 것 같았습니다. 이 글은 우리 어머니 얘기임에 틀림없지만 어찌 우리 어머니 얘기이기만 하겠습니까. 어머니와 함께 하셨던 아버지 얘기이기도 하지만 어찌 우리 아버지 얘기이기만 하겠는지요.

제자들에게서 호랑이 선생님이라는 별명을 얻으셨던 아버지는 늘 자애로우셨습니다. 늦은 저녁상을 받으신 아버지가 남기신 밥을 나눠 먹겠다고, 밥상머리에 둘러앉아 아버지가 숟가락 놓으시기만을 기다리던 세 딸의 눈길 때문에, 밥을 많이 남길 수밖에 없었노라고 아버지가 중년의 딸들에게 고백하셨지요. 아버지, 배가 고파서 아버지의 저녁상을 지켰던 게 아니었음을 아버지는 알고 계시지요? 아버지 진지그릇의 온기는 지금도 한없이 마음을 데우고 있습니다.

어머니에게 어찌 견줄 수 있겠습니까만

아버지,

사무치게 그립습니다.